독학자

독학자

배수아 장편소설

레쉐

그렇게 조용히 남아 있는 것들,

삶과 죽음이 중요하지 않은 것들,

격정의 폭풍을 경건함으로 표현하고 있는 것들,

나를 키워온 것들,

내가 열에 들떠 찾아 헤매기도 했으며

그것을 찾아 먼 길을 떠나려고 짐을 싸기도 여러 번이었으나

문득 둘러보면 언제나 그 자리에 있어왔던 것들,

오직 쓰는 자들과 읽는 자들만을 위해서,

언어의 영웅들, 그들의 언어만으로 존재하는

저 엘리시움Elysium의 세상을.

차례

독학자

9

작가의 말

215

독학자

1

 긴 문장. 그것을 나는 토마스 만의 『베니스의 죽음』에서 처음 발견했다. 머릿속을 혼란스럽게 만들었던 익숙하지 않았던 그 긴 문장을. 오직 선택된 문장과 언어에 의해서 만들어진 푸르고 인상적인 풍경이 나에게 말을 걸었다. 나는 세계로부터 격리당하고, 그리고 동시에 어느 한 세계에서 다시 태어났다. 그 도시, 그 거리, 너무나 특별했던 어느 한 시기, 그리고 ○○○라 불리는 한 작가 ○○○에 대한 풍경. 두세 번을 반복해서 읽고서야 나는 그 문장의 의미를 정확히 파악했다. '그는…… 멀고 먼 산책을 시작했다.'

 그리하여 이윽고 나는 나 자신 안으로 빨려들어갔다.

 모든 것에 대해 내가 완전히 잘못 생각하고 있었음이 명백해졌다. 198x년, 네번째 학기의 시작을 눈앞에 두고 나는 대학을 그만두기로 결심했다. 내가 새 학기에 등록하지 않을 생각임을 눈치챈 주변 사람들은 내가 일 년이나 이 년 정도 공부를 보충한 다음 다른 대학을 찾아가리라 짐작하는 듯했고, 나는 그런 생각을 굳이 수정시킬 마음이 없었다. 그중에서 좀 더 예리하고 사건을 분석하는 데 취미가 있는 사람들은 내가 그동안 교양과목 위주의 대학 강의를 지겨워하고 싫어하던 것을 기억해냈다. 그러면서 그들은 의문을 가지고, 이제 비로소 본격적인 강의를 들을 수 있을지도 모르는데 지금 대학을 완전히 떠나는 것은, 설사 곧 새로운 대학을 찾는다 해도, 결코 현명한 행동이 아니라는 점을 지적하고는 했다. 나는 처음에는 수학이나 통계학을 전공할 생각이었으나 이후에 생각이 바뀌어서 논리학을 공부하고 싶어졌다. 그것 때문에 대학에 얘기해보았으나 불가능하다는 답변을 받았다. 논리학을 전공하기 위해서는 소속된 단과대학이 바뀌어야 하는데 그렇게 하려면 반드시 담당 교수의 승인이 필요하고, 상대 단과대학에 공석이 있어야 하며, 또 그 모든 외형적 조건이 충족되더라도 양측 모두가 인정할 수 있을 만큼 성적이 아주 우수한 경우에 한한다는 것이다. 하지만 자기 분야에서 성공적인 결과를 가졌던 우수한 학생이 무엇 때문에 복잡한 절차를 거쳐 전공을 아주 바꾸려고 하겠는가. 그리고 그런 학생이 떠나겠다고 하는데 기분좋게 승인해줄 교수도 없을 것이다. 게다가 결정적으로 논리학과에는 공석이 없었다. 그러므로 처음에 교무처의 담당자에게서 들은 것은, 이런저런 구실을 댈 것도 없이 무조건 안 된다는 퉁명스럽고 단호한 거절이었다. 여러 가지 상황을 고려해보건대, 전공을 바꾸려고 하는 것은 사람들에게 그다지 좋은 인상을 주지 못하고, 쉬운 길만 찾아다니면서 약삭빠른 편법이나 일삼는 변덕스럽고 몰염치한 기회주의자처럼 보인다는 것을 알게 되었다. 처음에 들은 행정 관료들의 거절에도 굴하지 않고 내가 직접 서류를 들고 이곳저곳을 방문하면서 마주친 것은 이런저런 종류의 일종의 '심사'였다. 일단 포기하지 않고 고집을 피우니 그들은 한숨을 쉬며 귀찮다는 듯 마지못해 내 지원서류를 받아들고는 '심사'를 거친 후에 알려주겠다고 했다. 일차적인 거절을 통과한 다른 모든 단계는 그런 심사를 거쳐서 이루어졌는데, 그 심사라는 것은 결국 그들이 나를 설득하는 과정의 다른 이름이었다. '무엇 때문에 이렇게까지 하려고 하지? 물론 그쪽에서 기분좋게 승인하기만 한다면야 우리로서는 형식상으로는 별 문제가 없어 보이기는 하지만 말이야.' 이런 애매한 표현을 나는 양편 모두에게서 들었다. 서류를 들고 여기저기 돌아다니며 상담을 했으나, 결국은 아무도 이런 식의 귀찮은 일거리를 기꺼워하지 않는다는 것을 알게 되었다. 규정이 애매했을 뿐만 아니라, 그 규정이라는 것 자체가 학생들이 전공을 옮길 수 있게 만들어진 것이 아니었고, 오히려 그 시도조차 불가능하게 못박아놓기 위해 만들어진 것이었다. 애매한 내용과 모호한 표현으로 어리둥절하게 만드는 효과들을 이용해서 말이다. 아직 아무도 이런 종류의 결정을 내려본 적이 없기 때문인지 모두들 더할 수 없이 소극적이었으며, 공부에 싫증이 났다고 이렇게 제멋대로 구는 것은 옳지 못하다는 꾸중까지 던지는 경우도 있었다. 아무도 나에게 긍정적인 답변을 해주지 못했고―규정에 확실하게 된다, 라고 써 있지 않았기 때문에, 또한 아무도 확실하게 거절하지도 못했다―규정에 불가능하다고 잘라서 표현되어 있지도 않았기 때문에. 다들 다른 누군가가 이 귀찮은 '망쳐버린 집합론 시험 때문에 머리가 돌아버리고 정작 공부해야 할 시간에 대학원 수업 청강을 요청하는 편지나 끈질기게 써대고 있는 대학의 바이러스 같은 존재인 얼치기 신입생'을 어떻게 해줬으면 하는 바람을 가지고 있는 듯했다. 집합론 시험을 망친 것은 내가 공부를 하지 않아서가 아니라, 시험문제가 유치원에서 산수를 배운 어린아이라도 답변할 수 있을 정도로 끔찍하게 형편없었기 때문에, 그래서 성의 있는 답변과 그 효과마저도 도리어 모두 사라질 수밖에 없는 운명이었기 때문이며, 사실은 나는 집합론을 아주 좋

독학자

아하며, 내가 그것을 좋아하는 이상 시험 점수는 사실 크게 상관없으며, 듣고 싶은 강의를 제한시켜놓았기 때문에 결국 전공을 바꾸지 않고는 그 강의를 들을 수 없기에 전공을 바꾸려 하는 것은 당연할 일일 것이며, 내가 대학원 수업 청강을 요청하는 편지를 쓴 것은 맞지만 단지 정중한 질문을 하는 것이 왜 그렇게 나쁘다는 것인지 알 수 없으며, 만원 지하철과 같은 교실에서 이루어지는 단지 낭독식의 수업이 기절할 것 같으니 제발 한 번만이라도 토론 중심 수업의 청강을 허락해달라고 요청하는 것이 당연하지 않은 이유가 무엇이며, 그리하여 내가 알지도 못하는 어느새 나는 모든 사람들에게 기피인물이 되어 리스트에 올라 있게 된지도 모르는 일이지만, 이제 그런 것은 아무래도 좋았다. 일단 대학을 떠나기로 결정을 내리고 나니, 도리어 너무 오래 대학에 머물고 있었다는 것을 비로소 깨닫게 된 것이다.

결론을 말하자면 대학에서 나는 강의시간에 책에 이미 적혀 있는 것 말고는 다른 아무것도 결코 듣지 못했고, 학위가 필요한 직업을 가질 생각도 없으며, 이런 것들을 이미 오래전에 파악했던 것이다. 논리학으로 전공을 바꾸려는 일 년 가까운 기간의 시도가 결국 이루어지지 않은 것이―그러나 이 이유는 정확하지도 않고 정직한 것도 아님을 밝힌다―내가 대학을 떠나게 되는 표면적이고 직접적인 이유가 될 터이지만, 실상은 그것과 상관없이 내가 찾아 헤매던 것이 훌륭한 교사, 영혼의 토론자이지 대학이라는 거대 관료조직이 아닌 이상, 그것을 확신하게 된 이상, 나는 이미 더이상 대학의 학생이 아닌 것이다. 지금 이 순간 나는 고등학교 시절 내 가정교사였던 김영주 선생님이 몹시 그립다. 그라면 나에게 도움이 되는 충고를 아낌없이 줄 수 있으리라. 사실은 대학을 떠나기로 결정한 요즘 나는 부쩍 그의 생각을 많이 하게 되었다. 그는 당시 대학생이었으니 지금은 이미 학교를 졸업했을 터이고, 대학원에 진학하거나 유학을 가기를 바라고 있지는 않았으며 고등학교 수학교사가 되기를 희망하고 있었으나 정식 자격증을 가지고 있지는 않았기 때문에 그가 지금 무슨 일을 하고 있는지는 알 수가 없다. 나는 지금 그가 어디 있는지 모른다. 그는 이 년 반 동안이나 나에게 훌륭한 교사였다. '좋은 교사란 결국은 좋은 토론자를 뜻한다.' 이것은 그가 나에게 해준 말이다. '토론이 아닌 것은 수업이 아니다.' 그는 그렇게도 말했다. 그러나 내가 대학에 들어오기 전까지는 그의 말이 지금처럼 크게 와 닿지 않았다. 나는 그가 한 말들이 대학에서는 그대로 실현되리라 막연히 확신했기 때문이다.

    대학이라는 집단과 조직에 대해 나는 이루 말할 수 없는 실망만을 맛보았다. 이전에 나는 대학에서 진정한 의미의 모든 진화가 이루어지리라 기대했었다. 정신과 지성의 진화 말이다. 그곳에서는 밤이나 낮이나 토론이 이루어지고 각자가 읽은 것을 서로 나누고 그곳이 아니면 성취할 수 없었던 사유를 교환하고 서로에게 서로는 좋은 토론자가 되어주며, 그곳은 천박하고 상업적인 것과 일정 이상의 연봉을 보장하는 직업을 구하려는 실리적인 목적에서 벗어난 영역으로, 오직 정신만을 위하는 정신 그 자체의 모습을 볼 수 있는 지상의 유일한 장소일 것으로 기대했었다. 지금은 그것이 얼마나 순진하고 단순한 생각이었는지 잘 알고 있다. 대학에 들어간 지 한 달도 지나지 않아 나는 알게 되었다. 오직 책을 읽고 공부할 수 있다는 것은 그 자체만으로 기쁨 중의 놀라운 기쁨일 터이나, 정작 그렇게 생각하는 학생은 나를 포함해서 단 두 명밖에 없다는 정녕 놀라운 사실을 말이다. 다른 한 명은 영문학을 공부하고 있는 S였다. S는 참을성이 강하고 일단 책을 잡으면 주변을 모두 잊는, 그야말로 전형적인 공부벌레 스타일이었고, 우리는 신입생들을 위한 교양수업 시간에 처음 만났다. 나는 질 높은 강의를 들을 수 있게 되기를 기대하면서 일부러 영문학 전공의 학생들이 주로 듣는 그 수업을 선택해서 들었다. 물론 그 기대에 대한 결과는 참담한 것이었지만 말이다.

그는 둔해 보이는 커다란 몸집과 거무스름한 피부에 땀이 많고 중요한 순간에 코를 훌쩍거리거나 트림을 하기도 했다. 심한 근시였으나 콘택트렌즈로 그것을 숨기고 있었고 빈번하게 벌어지곤 하던 특정 교수에 대한 수업 거부나 시험 보이콧에 한 번도 동조하지 않았기 때문에 영문과 내에서 노골적인 따돌림을 당하고 있었다. 나 역시 머지않아 같은 신세가 되리라는 것을 알지 못한 채 나는 외톨이로 지내는 그가 가엾게 여겨져서 먼저 말을 걸었다. 사실은 단지 동정심 때문에 그에게 호감을 느낀 것은 아니었고, 교수의 지시에 따라 영어 텍스트를 번역하는 그의 아름다운 문장에 이끌렸다고 하는 편이 더 정확할 것이다. 실제로 교실에서 감탄과 화려한 갈채를 받는 것은 현지인과 흡사한 발음으로 자연스럽게 영어 문장을 구사하는 유학 경험이 있는 몇몇의 여학생들이었지만 나는 S의 번역 문장이 갖는 문학적이면서도 절제된 지적인 힘에 머리가 멍해질 정도로 감동받았다. 단순히 생활의 편리나 의사소통을 위해 구사되는 언어가 아니라, 마치 음악이나 미술처럼 표현 자체를 위해 그들 스스로 언제나 발언을 바라고 있는 듯이 보이는 선택된 문장들에 말이다. 그의 문장에는 그의 촌스럽고 비만한 외모나 세련되지 못한 태도를 능가하는 힘이 있었다. 그러나 대개의 경우 그렇게 심사숙고하여 선택된 그의 문장들은 교실에서 전혀 주의를 끌지 못했으며 심지어는 교수로부터도 정통이 아니며 때로는 지나치게 자의적이라는 이유로 핀잔을 듣기도 했는데, 나로서는 도무지 이해할 수 없는 반응들이었다. 그는 나보다 일 년 먼저 대학에 들어왔으나 무슨 이유에선지 신입생들을 위한 수업을 다시 듣고 있었다. 그의 말로는 지난해의 성적이 좋지 않아서라고 했지만 나는 믿지 않는다.

일 년 전에 있었던 대학 전체의 수업 거부 사태에서 그는 끝까지 대학 지도부의 명령—이렇게 불리는 집단이 대학 내에 있다—을 따르지 않았는데, 결정적으로 그 일로 인해 모두에게서 미움을 받게 되었다고 들었다. 그러나 이상한 것은 그때 수업에 끝까지 출석했던 학생들은 그 말고도 여러 명이 더 있었으나 단지 그만이 미래에 곧 도래할 민중민주사회에 유해한 이기주의자로 몰려 무형의 탄압을 받았다는 것이다. 그는 전체적으로 성적이 좋은 편이었으나 친구를 잘 사귀지 못하는 비사교적이면서 매우 무심한 성격이어서 노골적으로 따돌림을 받기 이전에도 외톨이나 마찬가지였을 것이다. 그러나 내가 그를 알게 되었을 때는 상황이 좀 더 심각해져 있어서, 신입생들조차 아무도 그와는 함께 식사를 하려 하지 않았고 말을 걸지도 않았으며, 심지어는 교실에 다른 빈자리가 하나도 없을 때에도 그의 옆자리에는 앉으려 하지 않았다. 사실 대학생들이란 아직 어리고 단순한 무리여서 집단적인 행동에 동참하지 않았다고 해서 그렇게까지 크게 조직적으로 화낼 일은 없는 것이다. 즉, 설사 화를 낸다 해도 그토록 많은 학생들이 모두 하나가 되어, 누가 명령을 내리는 것도 아닌데, 그토록 집요하고 그토록 끈질기게 한 가지 태도로만 일관한다는 것은 어딘지 모르게 심하게 부자연스러운 것이다. 그러나 이상하게 보인다고 해서, 그런 일이 실제로 일어나지 않는 것은 아니다. S에게는 그런 일이 일어났다. 이후에 나에게도 물론 일어났으나, S에게 일어난 것만큼 심각하게는 아니었음을 다행으로 생각해야 할지 그것은 아직 잘 모르겠다.

학생들이 S를 피한 것에는 나름대로 이유가 있었다. S는 지나치게 고지식하여 주변의 분위기를 적당히 파악해 거기에 자신을 적응시키는 방법을 전혀 몰랐다. 혹은 그가 그 방법을 스스로 선택하지 않았는지도 모른다. 그와 잠시라도 이야기를 나누다보면 어딘지 어색하고 몹시 불편하다는 느낌을 갖게 되기도 하는데, 지나칠 정도로 심각해 보이는 그의 표정과 말투 그리고 상황에 극심하게 어울리지 않는 익숙하지 않은 어휘의 선택 때문일 것이다. 게다가 그는 처음 만나서 가벼운 인사를 막 마친 상대편에게 곧바로 파울 첼란이나 호머의 시에 대해 얘기하고 싶어했고, 그 욕구를 억누르지 못했다. 상대편이 그것에 대해 잘 알지 못하며 흥미조차 느끼지 않는 상황이라도 그는 그다지 개의치 않았다. 그럴 때 그의 말투는, 마치 일단 그와 대화하기를 원한다면 그것 말고 다른 화제란 있을 수도 없다는 식으로 지나치게 독선적이고 성급하며 상대에 대한 배려 따위는 갖추지 않은 것이었다. 간혹 저항시인으로서 첼란을 읽은 사람들을 만나기도 했다. 어쨌든 서정시의 형태를 띤 저항시, 혹은 저항시의 형태를 띤 서정시가 큰 인기를 모으고 있던 때이니 말이다. 그러면 그는 작고 빨간 눈을 깜박거리면서, 첼란의 시를 그런 식으로 단순하게 해석하는 것은 모욕이라고 생각한다는 점을 분명히 했다. 게다가 해석의 영역을 넘어 자신의 의도에 맞게 이용하려고 하다니! '그 번역은 엉터리라고! 그는 파악하지 못하고 있어! 유행에 맞게 단지 각색한 것뿐이지!' 마지막에는 전후 상황에 대한 어떠한 설명도 없이 그렇게 외치기도 했는데 이 정도 되면 상대편은 중요한 약속이 생각났다거나 혹은 아무 말도 없이 그를 한번 노려본 다음 바삐 사라져버리고는 했다. 그렇다면 호머에 대해서는 어떻게 설명해야 하나? 호머도 저항시인인가? 운명에 저항한 것 역시 저항은 저항인가? 그러나 저항이든 아니든, 도대체 호머라니, 누가 그것을 읽는단 말인가. 이름 외에는 그에 대해 아무것도 알지 못하는 사람들에게 호머를 읽어주겠다고 먼저 제안하는 것이 결코 적절한 행동이 아니라는 점을 일깨워주는 학생이 나 말고는 아무도 없었음이 분명했다.

그 외의 일들에 대해서도 그는 고집이 엄청났고, 자신은 바보 같은 몇 개의 생활단어들로 이루어진 유행하는 시들을 경멸하며, 그것은 단지 운율에 신경쓴 구호일 뿐 언어도 문장도 뭣도 아니며, 자신은 또한 흔히 '그 반대에 놓여 있는 것'이라고 지칭되는 사물들에 대해서도 관심이 없으며, 그밖에도 신흥 부촌에 새로 개업한 젤라토 가게나 스키 여행이나 영어학원이나 또는 술을 마실 때마다 벌어지는 유치한 성적인 농담의 잔치에도 참여할 생각이 없다는 사실을 언제나 분명히 했으며, 무엇보다 만일 충분한 정보만 있다면 상대편 역시 자신이 좋아하는 시를 좋아하게 될 것이라는 믿음을 쉽게 버리지 못했다. 상대가 불편한 표정으로 앉아 있다가 이윽고 일어나서 밖으로 나가버린 다음 그에 대해 악의적인 소문을 퍼뜨리고 다니는 것을 그가 직접 두 눈으로 보기 전까지는 말이다. 그런 악의적인 소문의 종결구는 대개 비슷했는데, 소문을 만들어내는 사람들의 문장력이나 상상력이 그다지 탁월하지 않은 점이 원인이기도 했다. 그것은 얼마 지나지 않아 그의 이마에 낙인으로 달라붙었다. 바로 '잘난 척한다'는 것이었다. 그것은 정말로 화가 날 정도로 오인된 평가였다. 그는 결코 잘난 척하려 한 것이 아니다. 단지 진심으로 그런 것들을 좋아해서, 대화를 나누고 토론하고 싶었을 뿐이었다. 그런데 왜 그는 어디에서도 그런 친구를 찾지 못한 것일까? 답은 간단하다. 아무도 그런 것을 원하지 않았기 때문이다. 그런 화제를 원하지도 않았으며 그런 화제를 즐기는 사람과 교제하고 싶지도 않기 때문이었다. 그것은 나이가 무척 많은 그의 교수 역시 마찬가지였다.

수업시간에 이런저런 질문을 던지면—그것은 교수에게는 그가 이런저런 이견을 제시하는 것으로 느껴졌을 것이다. 그 교수는 학생들이 자신을 향해서 이견을 말하는 것을, 유행에 편승한 무모한 저항이나 예의 없는 폭동인 것처럼 느끼고 있음이 분명했다—그는 몹시 퉁명스럽고 사납기조차 한 답변으로 무시를 당하곤 했다. 어쩌다 짧은 토론이 즉석에서 이루어져서, 서로의 의견이 다르다는 것이 자명하게 되면, 마침내 교수는 소리치듯 사납게 말하곤 했다. '그래서, 자네가 나보다 더 많이 안다는 건가?' 그런 다음 교수는 고집 센 멍청이 때문에 손실된 수업을 보충해야 하고 잠시나마 배움의 권리를 박탈당한 다른 학생들을 위해서라도 더욱 서둘러 진도를 나가야 한다며 도망치듯 강의를 계속했다. '진도를 나간다'는 교수의 언급은 사실 우스운 핑계였음을 그 자신도 인정해야 할 것이다. 왜냐하면 그의 수업이란 단지 교재를 요약된 한국어로 바꾸어 읽어주는 것에 불과했기 때문이다. 그런 것을 과연 강의라고 부를 수 있을지. 그 수업을 위해 그는 어떠한 종류의 수고도 할 필요가 없었는데, 교재는 이미 오래전에 만들어진 것이었고 교재의 내용을 요약한 그의 강의노트도 당연히 오래전에 정리되어서 수년 동안이나—어쩌면 십수 년이나—학생들 앞에서 반복해서 낭독되고 있었던 것이다. 그는 나이먹고 쇠약해져서, 설사 반란이나 폭동까지는 일어나지 않는다 해도 그에게는 지극히 당연하게 보이는 것들에 대해 시비 걸기 좋아하는 멍청한 학생들로부터 질문을 받는 것을 자기 무덤을 파는 것만큼이나 귀찮게 생각하고, 거의 팔십 명에 이르는 학생들과 토론 따위를 벌일 생각은 꿈에도 하지 않고 있으며, 추측이지만 그 자신 한 번도 토론식의 수업을 한 적도 받은 적도 없을 것이다. 그리고 수업이나 소위 그가 말하는 학문이란 마치 한 걸음 한 걸음 베트남의 정글을 살피는 척후병처럼 한 줄 한 줄을 빠지지 않고 낭독하는 것이라고 그는 생각하고 있어서, 다른 잡음으로 인해 그것을 방해받기를 원하지 않았던 것처럼 보였다. 그 낭독이 바로 그의 표현에 따르면 '진도를 나간다'는 것이었다. 어쨌든 정해진 부분까지 진도를 나가야 시험을 치르고 학생들이 진급할 수 있기 때문이다. 대부분의 학생들은 원본 텍스트에 대한 교수의 해석을 받아 적기에 바빠서 질문이나 토론 따위에는 역시 관심이 없었다. 그들은 시험에 나오지 않는 것에는 결단코 하등의 관심을 갖지 않았기 때문에 쓸데없이 잘난 척하며 시험에 결코 나오지도 않을 사소하게 보이는 문제들에 대해—왜냐하면 교수 자신도 그것에 대해 관심이 없거나 정돈된 개념을 가지고 있지 않음이 분명하므로—악의를 가지고 물고 늘어지는 것처럼 보이는 S를 교수보다도 더욱 미워했다. 그들 중의 영리한 몇 명은 선배의 노트를 복사한 것을 가지고 있었는데 그러면 그들은 더이상 그 수업을 들을 필요도 이유도 없으므로 마음놓고 잠을 자거나 출석에 지장이 없다 싶으면 수업에 들어가지 않았다. 대개의 경우는 그와 같은 성격의 소유자라 할지라도 주변의 그런 정황을 어느 정도 눈치챈 다음에는 조심하게 되는 법이다. 그러나 S는 결코 그러지 못했다. 그러므로 외톨이로 지내는 운명은 어떻게 보면 타고난 것이기도 하지만 스스로 유발한 것이기도 했으며 일정 부분 자신도 인정하고 있었다.

그러나 한편으로 거기에는 어느 정도 정치적인 이유도 작용했다고 보는데, 언제 어디서나 도덕과 비도덕이라는 두 가지의 상황, 두 가지의 인간형, 두 가지의 의미, 두 가지의 가치가 대립한다고 믿는 매우 선동적인 의견이 이곳에서도 지배적이었기 때문이다. 아니, 믿을 수는 없지만 더욱더 지배적이기도 했다. 둘 이상의 경우는 (놀랍게도) 존재하지 않는다! 대학생이라는 신분을 가졌다는 그 사실 하나만으로도 그들은—그들 자신도 그 이유를 잘 모르는 채—도덕적으로 몹시 고무되어 있었다. 그러므로 그들의 집단적인 행위에 동조하지 않는다는 것은, 성급하게도 도덕적으로 문제가 있다는 의미와 동일하게 해석되었다. 그렇다면 그것은 적이라는 단어와 매우 흡사하며, 사실 다를 것도 없게 변해버리는 것이다. 그는 이기적이고 잘난 척하며 교수들에게 아부해서 현실적인 욕망을 채우려는 교활하고 철두철미한 사리사욕 추구자이고 선량한 의지로 개인적인 불이익을 감수하고 사보타주에 동참했던 구십 퍼센트 이상의 애국 학생들의 의지에 찬물을 끼얹는 유해분자로 해석되는 데 아무런 장애도 없는 셈이다. S에게도 자신을 변호할 (유일한) 방법이 없었던 것은 아니다. 만일 그가 자신에게는 열두 명의 여동생들이 있고, 그 여동생들은 오빠인 그에게 양보해야 했기 때문에 대학 교육을 받을 기회를 영구히 놓쳐버렸으며, 그에게는 여공으로 일하는 나이든 어머니가 있고 노동의 능력과 의지를 잃어버린 알코올릭 아버지가 있다고, 자신의 사생활에 대해 강단 위에서 큰 소리로 고백했다면, 그래서 장학금을 받지 않으면 당장 대학에서 쫓겨나야 하는 형편이라고 고백했다면—물론 그는 장학금 따위는 받고 있지 못했으나—순백에 가까울 정도로 도덕적이고 도덕적인 만큼 고지식한 전투적인 저항정신을 가진 대학생들은 눈물을 흘리며 그를 용서했을지도 모른다. 적어도 그를 이해해주었을 것이며, 친구로 지내지는 못하더라도 최소한 적대감을 보이지는 않았을 것이다. 그러나 불행하게도 그는 가난하지 않았다. 결코 가난하지 않았다. 그는 순수한 학문의 즐거움 때문에 대학을 다니는 아주 드문 경우에 속했으며, 학점이나 졸업은 사실 그다지 중요하지 않았다. 적어도 다른 학생들이 그런 것보다 더 중요한 것은 아니었다. 이 사실은 순수한 영혼을 가졌기에 도리어 극단적으로 치우치기 쉬운, 도덕적이고 순수하며 또한 전투적인 그들, 대학생들에게 아주 나쁜 인상을 주었다. 돌이킬 수 없을 정도로 나빴다. 그는, 심지어 가난하지조차 않은 것이다. 그래야 할 절실한 필요가 없는데도 불구하고 그는 대학의 권력자들에게 아부하고, 나아가 그런 식으로 이 모순과 불의 위에 세워진 기존의 질서 유지에 적극 동조함으로써 사회의 부도덕한 권력자들의 왕국을 지지, 지탱해주고 있는 것이다. 그럼에도 그는 반성조차 하지 않으며, 여전히 대다수 민중과는 너무나 멀리 있는 외국의 시인들에 대해 조금 읽었다는 것을 잘난 척 떠들고 다니며 조금의 회개의 기미도 보이지 않고 있다. 모든 학생들의 투표에서 절대다수의 지지를 받고 시작한 보이콧에 동참하지 않은 것에 대해서, 그리고 오직 부정과 폭력으로 상징되며 약탈자가 아니면 오직 희생자뿐인 증오스런 이 사회에서 억울한 불이익을 받지 않고 살아갈 수 있는 계층이라는 사실에 대해서 말이다.

바로 그런 대학 내의 시대정치적인 이유가 그가 외톨이로 떨어져 지내게 된 결정적인 배경이라고 말한다면, 나는 표면을 한번 혀로 핥아보고 손톱으로 몇 번 긁어본 다음 사물의 실체를 파악했다고 생각하는 어리석은 검시관과 다를 바가 없을 것이다. 그는 대학에서도 비교적 실리적이고 영리한 학생들이 모였다고 평가받는 영문과에 소속되어 있었다. 하지만 정녕 그들 모두가 그토록 도덕적이고 순수하게 전투적인 이유로 그를 멀리했을까? 그들의 대부분은 부모의 수혜자이며 그 부모들의 상당수가 결국 어떤 의미로든 침묵의 다수임을 빙자한 이 사회의 수혜자 내지는 지지자들임을 부정할 수는 없으며 그들이 이 사실을 모를 리가 없었다. S는 출신 성분으로 보아 그들과 크게 다르지 않았다. 문제는, 어떤 일에서든 혼자가 되는 것을 몹시 두려워하며 그럴듯한 명분을 가진 깃발 아래 모이고 싶어하는 군중성, 그리고 그 속성을 지배하고 다스리는 정치적 성향을 가진 소수의 견해에 S가 대치되었다는 것이다. 그들은 도덕적이고, 순수하고, 전투적인 만큼 그 이상으로 군중의 맹종을 가지고 있었던 것이다. 그 맹종 중의 하나는 바로 강한 개성에 대한 사무치는 미움과 질투이다. S가 수업에 들어가 점수를 얻어 학점으로 그들을 누르려고 하는 것처럼 보였다 해도, 그들이 만일 진심으로 학점이나 그것을 통한 개인의 영리보다는 국가의 민주화를 더욱 사랑한다면, 그것에 대해 왜 그렇게 신경질적이 되고 증오에 불타며 화를 내야 하는가? 각자 신념에 따라 하는 행동인데 말이다. S가 거역한 것은 젊음의 도덕이나 새로운 정치에 대한 비전도 뭣도 아니었다. 그것은 오직 군중의 물결 같은 질서였을 뿐이다. 한 명이라도 수업에 들어가면, 다른 이들은 불이익을 받는다! 그들은 자신의 정치적 신념을 지키되, 아니 그러는 것처럼 보여야 하되, 어떤 불이익도 받기를 원하지 않았기 때문에, 그 점에 대해서는 앞서의 이념적인 명분보다도 더욱 선명하게, 비교할 수도 없을 정도로 그들 모두가 강렬하게 합의하고 있었기 때문에, 배반자가 생기는 것을 두려워하며 불안에 떨면서 강의실 앞을 지켰다. 그러나 그들이 지키려고 했던 것은 상대평가로 나타날 성적표만은 아니었다. 어떻게 순수한 정치적 신념이 여러 개일 수 있단 말인가! 어떻게 도덕이 여러 방법으로 나타날 수 있는가! 어떻게 지금 이 시대에 고귀한 선택이 그들이 주장하는 바로 그것이 아닐 수도 있는가! 어떻게 정의가 조각조각 나누어질 수 있는가! 그런 산발적이고 개인적인 고집이 이 시대에 정의를 세우는 데 무슨 도움이 된단 말인가! 부도덕한 존재는 해로운 것이고 해로운 것이 곧 부도덕한 존재 그 자체이다! 그리고 더 나아가서, 어떻게 감히 파렴치하게 직접투표라는 민주적 절차를 거친 우리 다수에게 무모하게 정면으로 대항할 수 있는가! 어찌 그토록 치 떨리게 오만할 수 있는가! 그러고도 어찌 감히 그토록 태연자약할 수 있는가! 차라리 냉담한 소수가 되어 구석에서 침묵을 지키거나 겁에 질린 채 말없이 우리 뒤를 따라오라! 그러면 최소한 자비로운 용서를 받을 수 있을 테니. 그들의 신념에 가득 찬 강인한 표정은 그런 전체주의의 시선을 가지고 있었다. 그들이 적으로부터 너무나 충분히 배운, 바로 그것 말이다.

 지난 학기 마지막 시험 기간에 S는 학교 안에서 가벼운 사고를 당했다. 자동차가 그를 친 것이다. 그는 막 종교학 시험을 보기 위해 강의실로 가는 중이었다. 심각하게 다친 것처럼 보이지는 않았으나 그는 일시적으로 반쯤 정신을 잃었고 운전자는 그를 병원으로 데리고 갔다. 병원에서 깨어나 검사를 받고 간단한 치료를 받은 그는 오후에 다시 학교로 가서 멍한 가운데 머리에 붕대를 감은 채 시험을 치렀다. 그가 사고를 당한 장소에는 시험을 치르러 가는 같은 클래스의 학생들이 많았

독학자

다. 그들은 모두 그 사고의 목격자였다. 그러나 시험 시간에 오지 않는 그에 대해 담당 교수가 물었을 때, 그에 대해 입을 여는 학생은 아무도 없었다. 그들은 아무것도 보지 못했고, S는 존재하지 않는 인물이나 마찬가지였다. 그들 모두가 야비하거나 악당은 아니었으리라 지금도 나는 생각한다. 그들 중의 몇몇은 어쩌면 기꺼이 자신에게 부여된 특권을 버리고, 혜택받지 못한 가난한 민중 속으로 스스로 들어갈 인물도 있었을지 모른다. 그들 중의 몇몇은, 만일 정의라고 이름 불리는 것이 있고 그것을 보게 된다면, 그것을 위해 일생에 한두 번 정도는 자신의 속된 이익을 어느 정도 포기할 수도 있을 것이다. 그럴 만한 명분이나 적절한 기회가 주어진다면 말이다. 그 모든 것을 단지 추상적인 명성이나 돈으로 사지 못하는 숭고한 이념만을 위해 그렇게 했을 수도 있을 것이다. 그러나 설사 그들이 그럴 만큼 담대하고 순수하게 저항적이고 이타적이며 강하다 할지라도, 가까이 있으면 함께 버림받은 더러운 기분을 느끼게 만드는 외톨이, 축농증을 앓는 뚱보, 잘난 척하는 이기주의자를 위해서는 단지 한마디면 될 것을 하지 않는 것이다. 그들은 생각했을 것이다. '왜 굳이 내가 말해야 하지? 그 광경은 나만 본 것이 아닌데다가 다른 애들도 모두 나처럼 입을 다물고 있는데 말이야. 왜 내가 나서서, 내가 바로 그 잘난 척하는 멍텅구리의 특별한 친구입니다, 하고 공식적으로 인정해야 하지? 내가 왜?' 그리고 그들은 교수가 무단 시험 불참으로 그의 이름을 명단에서 삭제하는 것을 보면서 이렇게 생각했을 것이다. '왜 바로 지금 저 교수가 그걸 알아야 하지? 어차피 곧 알게 될 텐데. 지금 알게 되나 조금 나중에 알게 되나 무슨 차이가 있다는 거지?' 처음에 그들을 자극한 것은 분명 집단을 장악하고 있던 정치적인 소수가 맞지만, 일단 군중의 맹종을 가지게 된 이상 그들은 더이상 구호를 따라가는 소극적인 무리만은 아니다. 그들은 야생마처럼 적극적으로 움직이며, 팔을 높이 쳐들고 행진하면서 그들의 추상의 왕, 먼 곳에서 내려다보는 군중의 제왕에게 경의를 바치면서, 마치 처음부터 그들이 원래 S와 같은 비도덕적인 인물을 싫어했으며, 순수하게 자신들의 생각에서 그를 기피하기로 결정했다고 쉽게 믿어버리는 것이다. 그들 자신이 스스로 내린 결정이라고 말이다. 그러나 그것이 전부일까?

    그를 기피한다, 조금 더 생각해보면 이것은 정확한 표현이 아닐 수도 있다. 그를 싫어해서, 그가 비도덕적이고 사회에 유해하고 불쾌감을 자아내고 이기적이므로, 그를 기피한다. 정말일까? 그들은 진정 어떤 형태로든 그의 악덕을 직접 확인하고 인지한 것일까? 그의 악덕이 진정 그들의 눈에 보였던가? 도

독학자

대체 악덕이란 무엇인가? 그들이 알아차린 그의 악덕이란, 혹시 다른 것이 아니라 바로 아무도 그를 상대하지 않는다는 것, 그들 스스로가 그렇게 만들어내고 그것에 의해서 역으로 그들 스스로가 영향을 받은, 바로 그 점이 아니었을까. S는 아무도 상대하지 않는다. 단지 그것뿐이다. 그것으로 너무나 충분하다. 그것이 곧 이유이자 결과가 된다. 그것이 바로 이 도덕적이고 순수하고 전투적인 그룹의 행위를 설명하는 단 하나의 논리였던 것이다. 사실을 말하자면, 그들은 S를 싫어하지도 좋아하지도 않았다. 대부분의 학생들에게 S가 전반적인 대학의 전투적인 정치성에 동조하느냐 하지 않느냐 하는 문제는 금방 잊혀지는 것이었다. 그게 뭐가 그리 대단한 문제인가? 내면으로 보자면 그들 자신도 대다수 모호한 입장을 가지고 있었고, 자신의 이익이 침해받지 않는 범위 내에서 기분 내키는 대로 눈치를 봐서 행동하는 경우가 더 많았다. 어쨌든 그들은 S를 기피했는데, 그럴 수밖에 없었고, 기꺼이 그렇게 했으며, 그것을 매우 즐기기조차 했는데, 그 이유는 바로 S가 기피당하는 인물이라는 사실, 그것 때문이었다. 이런 가상적이고 꾸며내어졌으며 허상에 복속되어 차라리 미신에 가깝기 때문에 그럼으로써 도리어 그토록 결정적이 된 악덕에 비하면, 식사 매너의 형편없음이나 땀냄새나 엉뚱한 고집이나 대인관계의 비사교적인 서투름 정도는 웃음으로 넘겨버릴 애교에 불과할 것이다.

대학생들을 지배하는 분위기는, 도덕을 위해 손가락 하나 까딱하지 않으면서, 자신들이 정치적으로 도덕적이고 순수하다고 굳게 믿고 있는, 분방하면서도 확신에 찬 거대한 동맹의식이었다. 그들이 순수하고 도덕적인 만큼 그들에게 가차없는 비판의 권리가 주어지는 것은 당연하기도 했다. 바로 S와 같은 학내 이기주의자들에 대해서 말이다. 왜냐하면 그들은 젊은이였고 대학생이었으니까. 유감이지만 그들은 대다수가 이십 년 후에는 자신의 부모와 조금도 다르지 않은 인생을 살아가리라는 것을—최소한 오직 욕망에 천착하리라는 점에서, 내면으로는 잘 알고 있었고 또 그것을 받아들이고도 있었다. 그럼에도 불구하고, 그들은 젊은이고 대학생이므로, 적어도 지금은 누구에게도 비난받을 이유가 없는 천진난만한 어린이처럼 무죄이며, 나아가서는 미래지향적이고 혁명적이며 도덕적이고 순수한 것이다. 무지하기에 천진난만한 어린아이를 도덕적이라고 할 수는 없다. 그 어린아이는 도덕을 위해 어떠한 노정도 밟지 않았고 어떤 수고도 하지 않았으며 그것을 위한 조그만 고뇌조차 없기 때문이다. 또한 단지 부도덕하지 않다는 이유만으로 도덕적이라고 할 수는 없는 것이다. 그런 어린아이와 마찬가지로 그들 대부분의 대학생들은 아무것도 하지 않았으며, 여전히 오직 아무것도 할 수 없다. 그들은 의지도 능력도 없으며 기껏해야 여기저기 몰려다닐 수 있을 뿐이다. 편리하게도 그들의 이 (일시적인) 행위에 명분을 부여하고 이름을 붙여주는 존재는 언제나 그들 외부에 있기 때문이다. 신문과 텔레비전이 그들을 '신인류'라고 부르고 그런 이름에 으쓱해지지만, 실상은 무엇이 새롭다는 것인지 그들 자신도 잘 알지 못하면서, 그들의 새로움이란 것이 부모 세대의 경제적 성과를 너무나 당연한 선물인 것처럼 꼭 움켜쥐고 소비문화에 충실한 결과 자연스럽게 발생한 취미의 다양성이나 욕구분출의 자유로움에 따른 정신적 여유에서 나온 것이 아니라, 단지 그들이 진화의 덕택으로 좀 더 창의적인 두뇌를 타고났기 때문이며, 게다가 그들은 뭔가 운명적으로 비교할 수도 없이 우월한 요소를 가지고 있는데다가—새로운 문물이 넘치는 1980년대에 젊은이로 살 수 있다는 것을 68세대 혹은 4·19 세대와 어떻게 비교할 수 있겠는가!—더구나 젊고 신선한 외모를 가졌기 때문에 그런 호칭을 부여받을 당연한 권리가 있는 것처럼 목소리를 높이기 좋아할 뿐이다. 대학의 상부가 독재적인 정부와 마찬가지로 권위로 가득 찬 관료의 세계라면, 대학의 학생들 또한 거기에 충분히 걸맞게 충실한 군중의 세계를 이루고 있었다. 아무런 노력 없이 온갖 명분을 획득했으며, 자신들이 실제로 매달려 호흡하고 양분을 빨아먹고 있으며 오직 그것의 명령과 논리에 따라 움직이고 있는 군중의 맹종이라는 것의 실체를 볼 줄도 모르고 믿지도 않으며, 그들 대부분은 그런 생각조차 하지 않고 있었는데, 이유는 그들 중 아무도 자신이 '군중'에 속해 있다고는 감히 꿈에도 생각하지 않기 때문이었다.

S가 언제나 멋진 친구였다고 말하기는 어렵다. 그는 너무 오랫동안 고독에 익숙해져 있어서, 처음에는 나를 불편하게 생각하기조차 했다. 그는 지식에 대해 지나치게 탐욕스러워하는 구석이 있어서, 언제라도 친구보다는 냉큼 책을 선택할 위인이었다. 정말 갖고 싶은 단 한 권의 책을 위해서라면 나 정도는 세 번 아니라 서른 번이라도 아무런 가책 없이 부인하고도 남을 것이다. 그는 정치적 운동에 적극적인 학생들을 아주 싫어했는데, 그들이 자신에게 한 행위 때문이 아니라—그는 개인적인 행·불행의 문제에는 놀랄 만큼 대범한 태도를 보였다—그들의 문장이 엉터리이고 미학적으로 전혀 가치가 없으며, 무지한데다, 자랑스럽게 그런 무지를 드러내며, 심지어는 교육하고 전파하기까지 한다는 점 때문이었다. 그가 굳이 고백하지 않더라도, 중고등학교 시절부터 이미 외톨이였다는 것을 쉽

게 짐작할 수 있었다. 무엇보다 그의 형편없는 식사 매너가 문제였다. 그는 밥을 먹으면서 땀을 흘렸고 결정적으로 쩝쩝거리는 소리를 천둥처럼 크게 내는 재주마저 가지고 있었으므로, 그와 함께 밥을 먹는 것은 고역에 속했다. 처음에 나는 반 그릇도 채 비우지 못했다. 그리고 그는 밥을 먹다가도 머릿속에 영감이 떠오르면 도저히 참지 못하고 그 자리에서 내뱉어야만 했는데, 그러다가 음식물이 입밖으로 튀어나오는 경우도 있었다. 특히 여학생들이 결코 그 가까이로 다가가지 않는 데는 충분한 이유가 있는 셈이었다. 그리고 그는 냉정했다. 때로는 필요한 것보다 더 많이, 깜짝 놀랄 만큼 냉정했다. 그것은 냉철하다는 의미의 냉정이 아니라 일순간 비인간적으로 느껴지는 무서운 무관심으로서의 냉정이었다. 그는 사람들이 자신을 기피하고 있음을 잘 알고 있는 외톨이였다. 그래서 앞으로도 계속해서 그렇게 살기 위해 마치 준비하고 있는 것처럼 보이기도 했다. 친구라는 것이, 특히 젊은 시절의 친구라는 것이 마음을 터놓고 편하게 만날 수 있으며 진지한 우정을 교환하고 슬픔과 기쁨을 함께 나누는 관계라고 한다면 S는 확실히 어느 정도 부적절한 상대였다. 그러나 그는 무엇보다 좋은 토론의 상대가 되어주었고, 보기보다 훨씬 예리한 분석가이기도 했다. S는 계속해서 나의 짧은 대학 시절 내내 유일하고도 특별한 친구로 남아 있었다.

　대학은 언제나 숨이 막혔다. 모든 학교가 숨이 막히는 장소였지만 대학은 그 정체를 가장하고 있었기 때문에 더욱 숨이 막혔다. 처음 한 학기 동안 들은 교양수업에 크게 실망한 나는 청강생의 자격으로 이 수업 저 수업을 기웃거렸다. 주로 원래부터 관심을 가지고 있었으나 대학에 들어온 이후 부쩍 그 관심이 증대한 문학이나 철학, 그리고 명강의로 소문난 몇몇 강사들의 수업이었다. 가장 처음으로 내가 경악했던 것은 문학이론의 수업 교재 때문이었는데, 아마도 진주만 침공 이전에 나온 일본의 교과서를 그대로 옮겨놓은 듯이 보였기 때문이다. 결코 사용되지 않는 한문 단어들이 빈번하게 나왔으며 텍스트를 분석하고 설명하는 문체는 고색창연했고 조금이라도 아방가르드한 작품들에 대해서는 노골적인 혐오를 숨기지 않는 내용이었다. 안경을 쓴 강사는 시와 시조를 구별이나 할 수 있을까 의심스러운, 증조할머니만큼 나이가 많은 여자였다. 그녀의 강의로 말하자면, 교재 자체보다 더 끔찍했으며, 내가 지금 그것을, 용어의 관습 때문이겠지만, '강의'라고 부르고 있다는 것에 대해 한심스러운 의문이 생길 정도였다. 교재에 나온 모든 시詩에 대해 그녀는 언제나 변함없는 톤으로 마치 할머니가 손자를 칭찬하듯 좋다, 좋다를 연발했는데, 그런 그녀의 태도는 유치원생에게 동화를 들려주는 보모처럼 보였으며 그녀 자신의 수준도 그 이상은 결코 아니었을 듯하다. 그러나 가장 끔찍한 사실은, 대부분의 강의가 이것과 크게 다르지 않았다는 점이다. 이름이 알려진 몇몇 교수의 강의에서 학생들은 오직 교수의 재담을 바라고 있는 듯이 보였고, 그런 교수들은 그 기대를 저버리지 않았다. 그런 수업은 대개 극장식의 대형 강의실에서 이루어졌는데, 너무 많은 학생들이 듣기를 원하기 때문에 수강신청을 하고 강의실에 자리를 잡는 것 자체가 전쟁 같았다. 교수의 목소리는 마이크를 통해 마치 인기 있는 부흥전도사의 그것처럼 금속성으로 울려퍼지고 시험은 채점의 용이함을 위해 객관식으로 나왔으며 학생들의 리포트에는 대학원생 조교들이 주석을 달았다. 유머가 있고 점수에 후한 교수일수록 학생들의 인기를 끌었으며 대개 그런 경우가 능력이 있는 것으로 평가되었다. 만사에 지나치게 까다롭게 굴거나, 우스갯소리를 하지 않으면서 정해진 교재 하나가 아니라 함께 읽어야 할 책 목록을 늘어놓거나, 대중적으로 흥미진진한 내용이 아닌 것을 다루고자 하는 교수들은 철저히 외면당했고 또 그런 외면이 당연한 것으로 여겨졌다. 심지어는 그런 고지식한 교수들은, 그렇게 학생들의 시간을 얽어맴으로써 학생들의 신성하고

도덕적인 평화적 학내 저항활동을 방해하려는 목적을 가진 정치가들에게 매수당한 하수인으로 모함되기조차 했다.

  교실 밖의 분위기도 별반 다를 것이 없었다. 캠퍼스는 거대한 정치 집회장이었으며, 성적이 부진한 학생들을 낙제시킨다는 정부의 협박이 공염불이 되리라는 것은 누구나 다 아는 노골적인 비밀이었다. 대학은 더이상 공부하는 장소가 아니었다. 아니, 내 눈에는 한 번도 그랬던 적이 없는 곳처럼 보였다. 대학은 공공연하게, '젊음과 청춘을 불태우는 장소'쯤으로 대외적으로 평가받고 있었고―그 문구가 표면적으로 디스코 클럽의 광고문안과 닮아 있는 것처럼 속 내용도 닮아 있었으며―관계자들도 그런 평가에 만족했다. 대학원 학과장실에서 면담을 요청해 만난 늙은 교수들에 대해서는, 이야기하기조차 싫다. 그들은 명성이라는 더러운 허울을 뒤집어쓴 부패한 관료 이상의 그 무엇도 아니었다. 그들이 여기저기서 짜깁기하여 만든 교양수업 교재는―교양수업 교재라니, 어째서 그런 것이 필요하다는 것인지 나는 아직도 이해하지 못하겠다. 우리가 읽을 만한 고전이나 교양서적이 없어서란 말인가?―수십 년간 변함없이 채택되는 대학가의 베스트셀러였다. 단 한 번의 면담과 일주일 정도 그곳에 머무르면서 대학원생들과 대화를 가진 후, 나는 대학원에 진학할지도 모른다고 입학 당시부터 남몰래

품고 있던 가능성을 완전히, 기꺼이 버렸다. 덕분에 한동안 나는 지독한 교수 환멸에 시달렸는데 그래서 P교수를 처음 만나게 되었을 때도 편견을 가지고 있었다. 나는 그를 S를 통해서 알게 되었다. 그는 대수학을 가르치던 교수였으나 나는 그의 수업을 한 번도 들은 적이 없다. S가 그에 대해 말해주었을 때 이미 P교수는 대학을 떠나 있는 상태였기 때문이다. 나는 당시 내가 흥미를 가지고 있던 언어철학 수업을 한 학기 동안 청강하고자 하는 욕심을 가지고 있었고 그것 때문에 언어철학 담당 교수에게 편지를 썼으나 거절당한 뒤였다. 그런 강의는 비교적 접근이 용이한 일반 교양수업과는 달리 폐쇄적으로 이루어지고 있었다. 내 고민을 전해들은 S가 자신의 친척 중의 한 명이 일 년 전까지 시내의 다른 대학에서 수학 교수로 있었는데, 그가 학부 시절에는 논리학을 복수전공했고 언어학 교수를 여러 명 알고 있으므로 어쩌면 도움이 될지도 모른다고 말한 것이 시작이었다. 나는 이미 교수라는 직업을 가진, 특히 늙은 이들에 대해서는 상당히 회의적이었기 때문에 그의 말을 그다지 귀담아듣지 않았다. 또한 내게는 생면부지인 그의 친척이라는 늙고 쇠약한 전직 수학 교수에게 느닷없는 부탁을 할 마음도 물론 없었다. 그리하여 그 이야기는 그대로 지나가버렸으나 결국 시간이 얼마쯤 흐른 후 나는 S의 집에서 계획에 없이 그를 만나게 되었다.

  S의 아버지는 의과대학 교수였으나 그의 숨겨진 진정한 열정의 대상은—S의 식사습관을 보면 아이러니하게도—요리였다. 그는 저녁 아홉시나 열시쯤 거나하게 차린 요리를 사람들에게 내놓기를 좋아했다. 그런 저녁식사 자리는 자정을 넘어서까지 계속되는 것이 보통이었고, 기름진 요리를 즐기고 칭찬에 인색하지 않은 사람이라면 언제든지 환영받았다. 처음으로 S의 집에 저녁식사 초대를 받았을 때, 나는 그의 가족들이 환대 중에도 나를 유심히 관찰하고 있음을 느꼈다. 아마도 내가 S가 집으로 초대한 거의 유일한 존재가 아니었나 짐작이 되었다. 나는 그다지 많이 먹지 않고 그리고 미식에 탐닉하는 편도 아니었으나 그의 집에서 갖는 저녁식사는 마음에 들었다. 가족들이 의외로 모두 소박하고 건실해 보이는 외모와 친절한 미소를 가지고 있었기 때문이었을 것이다. S는 세 명의 여동생을 두었고 그들은 각각 국민학생과 중학생과 고등학생으로 모두 안경을 쓰고 키가 작았으며 수줍어할 줄 알았고 식탁에서 밥을 남기는 법이 없었다. S의 부모님들 역시 키가 작고 안경을 썼으며, 번갈아가며 튀긴 게요리나 코코야자와 카레를 이용한 고기요리나 오징어를 넣은 볶음밥이나 도미구이와 같은 기름진 요리들을 날라왔다. 그 가족 중에서 가장 인상이 어둡고 까

독학자

다로운 표정을 한 이는 바로 S였다. 그는 자신의 가족 모두를 마치 키치의 전형인 양 바라보고 있었으며 식탁 앞에서 심각하게 인상을 쓰고 얼굴에 주름을 만들지 않으면 철학적인 범죄를 저지르는 것이라는 식의 무언의 의사표현을 하고 있었던 것이다.

두번째로 그의 집에 초대를 받게 된 날 저녁, 나는 그곳에서 P교수를 만났다. 그는 당시 지방에서 올라오느라 좀 늦게 도착했고, 그의 아내와 함께였다. 그는 물론 나이가 들기는 했으나 내가 상상했던 것만큼 끔찍한 노인은 아니었다. 그러나 일반적으로 노인이라고 불릴 만큼은 충분히 나이들어 보였다. 머리는 회색이 섞인 백발이었고 팔다리는 호리호리하게 말랐으며, 안경알 너머로 보이는 눈동자는 또렷했으며 엷은 갈색에 가까운 색이었다. 이마에는 굵은 주름이 가로졌고 주름은 뺨과 입 주변에도 또렷했다. 그의 주름은 나이 탓이리기보다는 평소의 습관으로 굳어진 표정 때문에 생긴 것처럼 보였다. 그는 왜소해 보일 정도는 아니었으나 무척 마르고 키가 컸다. 허리가 좀 구부정하기는 했으나 우리 중에서 S를 제외한다면 가장 키가 컸다. 그가 처음에 문안으로 들어서는 것을 봤을 때 순간적으로 그 인상이 낯설지 않았는데, 나중에 나는 그것이 그와 S가 많이 닮았기 때문이라는 것을 알아차렸다. 그가 말랐다는 것만 제외하고는 정말이지 부자지간이라고 해도 좋을 만큼 S는 그를 닮았다. 그의 타고난 듯한 까다로운 표정과 근엄함에 가까운 진지한 태도, 경우에 따라서는 불편해 보일 정도로 정중하고 서툴기는 하나 내면의 자부심을 드러내는 말투, 큰 키와 긴 팔다리, 융통성과는 아예 담을 쌓은 듯한 인상과 눈빛, 책을 사랑하고 한번 사랑한 것에 대해서는 끝까지 몰두하는 집요함까지도 모두 흡사해 보였다. S는 차라리 자신의 가족과 있을 때 오히려 이질적으로 보였다. 식탁 위에 놓이는 요리의 종류에는 크게 상관하지 않은 채 S와 P교수는 둘 다 윗입술을 조금 삐죽이 내밀듯이 하면서 대화에 열중했다. S는 당시 케임브리지 대학 출판부에서 나온 제정러시아와 소련의 예술가들에 관한 책을 읽고 있으며 슬라브 문학과 음악에 깊은 관심을 가지게 되었다고 말했다. 순전히 지적 욕구 때문에 그는 러시아어를 배우려고 진지하게 생각했으며, 정말로 키릴 문자를 공부하기 시작한 때였다. 그런 점에서 나는 그에게 깊은 부러움을 느끼는 경우가 많았다. 그와는 달리 나에게는 아무것도 확실한 것이 없었기 때문이다. 미래에 대해 현실적으로 생각한다는 것은 그때만 해도 나에게는 상상조차 불가능한 일이었다. 영원히 불가능할지도 모른다고 생각하고 있기조차 했다. 시중에 번역되어 나와 있는 빈약한 자료들에 만족하지 못하고 S는 일본의 한

독학자

회사를 통해 미국에서 출판된 러시아어 문법책과 영어로 된 러시아 어문학 자료들을 이미 주문해놓은 상태였다. 그는 예의 그 쩝쩝거리는 불쾌한 소리를 내면서 P교수와 함께 톨스토이나 도스토옙스키 등 클래식에 관해, 솔제니친이나 사하로프 같이 시사성 있는 인물들에 대해, 무소륵스키나 스크랴빈 등 비교적 잘 알려진 소련의 예술가들에 대해, 그들의 작품에 대해 매우 열띤 대화를 나누었다. S는 바로 얼마 전에 무소륵스키 전기를 읽은 참이었다. 그 책을 읽기 전에는 그가 무소륵스키와 차이콥스키의 소나타를 제대로 구분할 수 있었을까 의심스러울 정도로 음악에 큰 관심이 없었으나 이제 그는 특유의 집중력으로 〈죽음의 노래와 춤〉의 악보와 텍스트마저 마스터한 상태였다. 대개 음악의 비전문가들이 흔히 그렇듯이, 그는 언어로 먼저 음악가를 만난 경우에 속했다. 그러나 그런 시작은 그가 궁극적으로 그 음악에 사랑을 바치는 것에 아무런 장애가 되지 못했다. 놀라운 점은, 수학 교수였다는 P교수의 교양의 정도였다. 그는 어떤 화제에도 막히지 않고 분명하게 자신의 의견을 피력했고 대개의 전문가들이 그러는 것처럼 자신의 분야에 치우친 좁은 소견은 전혀 보이지 않았다. 그는 끊임없이 자신과 현실적인 이해관계가 없는 분야의 책까지도 읽고 있음이 분명했다. 그 점이 나를 흥미롭게 했다. 그러나 내가 보기에 S의 가족들은 S의 서툰 식탁 매너만큼이나 그의 화제에 흥미를 보이지 않았으며 그런 문제 따위야 아무래도 상관없다고 생각하는 편인 듯했다. 그러나 내가 끝내 이해할 수 없었던 것은, 왜 그의 가족들 중 아무도, 심지어 그의 어머니나 가장 나이 많은 여동생조차도 식탁에서 내는 그의 쩝쩝거리며 입맛 다시는 소리와 음식물을 입안에 넣은 채 갑자기 열을 내어 말하는 행위가 주변 사람들에게 얼마나 큰 불쾌감을 자아내는지 주의를 주지 않는가 하는 점이었다. 그의 투박하고 촌스럽고 게다가 고집스러워 보이는 그런 매너가 실제로 학교에서 그가 생활하는 데 얼마나 큰 장애가 되고 있는지, 이상하게도 그들은 눈치조차 채지 못하는 것 같았다. 다른 가족들은 모두 얌전하게 식사를 했다. 그의 아버지는 식사 자체보다도 자신이 만든 음식이 손님들에게 주는 감동을 관찰하는 것에 더 집중하고 있었고, 여동생들은 먹는 것에, 어머니는 적절한 시각에 손님들의 빈 접시를 치우고 새로운 요리를 내오는 것에 더욱 신경을 쓰고 있었다.

밤이 늦어서 세 명의 여동생들이 방으로 들어가자 P교수는 식탁에서 담배를 피웠다. 그가 담배에 불을 붙이자 그의 아내인 경희의 얼굴이—그는 아내를 '경희'라는 이름으로 불렀다—슬퍼지는 것 같았으나 애써 내색하지 않으려는 듯 보였다. 아무도 입을 열어 말하지는 않았으나 그가 아프다는 것은 숨길 수 없는 사실인 듯했다. 나중에 S는 고백하기를, 자신은 정신적으로는 P교수의 아들이라고 하는 편이 더 어울린다고 오래전부터 느끼고 있었다고 했다. P교수는 그의 아버지의 사촌형제였다. 그러나 P교수 자신도 S처럼 그렇게 생각하고 있는지는 의문이었다. 그는 친절하고 전혀 권위적이지는 않아 보였으나 근본적인 성격이 매우 근엄한 듯했고, S에게 친척으로서의 의례적인 친절함과 열성적인 학생에 대해 대견해하는 마음 이상은 가지고 있지 않은 것 같아 보였다. S는 앞으로 러시아어를 공부하고 싶으며 이러저러한 계획을 세워놓았고, 나중에는 그 분야에서 전문가가 되고 싶고 가능하다면 일본이나 미국에서 러시아 문학을 더 공부하고 싶은 생각을 가지고 있으며, 기회가 된다면 나중에는 책도 쓰고 싶다고 말했다. 그러나 정작 지금 대학에서는 코흘리개 아이들 수준에나 맞는 시시콜콜하고 허접스러우며 투탕카멘의 무덤보다 더 오래된 것들을 적어놓은 책이나 외우고 있어야 하는 것이 전부이니 맥이 빠지는 일이고, 게다가 그나마 번역된 책들이라고는 전부 고등학교 교과서보다 나을 게 하나도 없는 수준이라고 불평하면서 나를 가리켰다. '이 친구도 같은 생각을 하고 있답니다. 아니 나보다 더 심하죠. 이 친구는 논리학 수업을 청강하기 위해 거의 한 학기 내내 투쟁을 벌여왔는데, 대학의 관료들이 규정에 적혀 있지 않다는 이유로 거부하기만 한답니다. 이 친구는 아주 우수해서 대학원 수업도 소화할 수 있는데 빌어먹을 행정이라는 것이 말이죠. 이 친구는 나중에 언어분석학자가 되는 것이 꿈이랍니다.' 나는 그때 분명히 얼굴이 붉어졌다. 언어분석학자라니! 말도 안 되는 소리였다. 나는 단지 호기심과 관심을 가지고 있을 뿐이었다. 언어철학이나 분석철학에 관련된 학과목을 한두 개 수강했다고 해서 그 분야의 전문가가 되는 것은 결코 아니다. 또한 나는 무슨 무슨 존재가 되어야겠다고 생각해본 적이 한 번도 없으며 당연히 그런 말을 S에게 한 적도 없다. 그런데 S는 좀 흥분한 나머지 이상한 방법으로 나를 소개해버린 것이다. 정해진 분야 이외의 것을 공부하기 위해 많은 에너지를 소비하고 있는 내 모습이 아마도 S에게는 그런 식으로 비쳤을 것이다. 나는 어떤 식으로든 이 점을 분명히 해야겠다고 당황한 와중에도 입을 열려고 했으나 말은 입속에서 더듬거려지기만 할 뿐이었다.

—아닙니다, 언어분석학자라니, 당치도 않고, 전 단지, 단지 대학에서라면 좀 더 자유롭게 공부하리라고 기대했던 것뿐으로……

그때 아마도 처음으로 나는 P교수와 정면으로 눈이 마주쳤을 것이다. 그의 눈빛은 몹시 피곤해 보였다. 나이 탓일 수도 있었다. 그의 눈은 약간 충혈되어 있었고 말을 할 때마다 목울대가 크게 요동치는 것이 정확히 보였다. 갈증을 쉽게 느끼는지 그는 자주 물을 마셨으나 입술은 내내 핏기 없이 건조해 보였다. 그는 나를 빤히 쳐다보았다. 그는 지쳐 있었으나 나를 향해 미소를 보냈다. 나도 그에게 미소를 전했다. 그는 천천히 입을 열었다.

―대학원 수업이라…… 언어분석학자라고……?

그렇게 말하면서 아주 오랫동안 지어보지 않은 것이 분명한, 서툴러 보이는 미소를 짓자 그는 정말 노인처럼 보였다. 피곤하고도 인자한 노인 말이다. 그때 문득 그의 젊은 시절의 얼굴은 어떠했을까 하는 생각이 들었다. 그때까지 한 번도 나이 든 사람에 대해 그런 생각을 해본 적이 없었다. 그들은 언제나 충분히 나이들어 있었던 것처럼 보였으며 그것이 당연하고도 자연스러웠다. 나이든 사람들의 얼굴에는, 그들이 나이를 먹었다는 사실을 확인시켜주는 흔적 외에는 달리 흥미를 가질 만한 자극이 아무것도 없었다. 나는 지금껏 한 번도 나이먹은 사람을 좋아해본 적이 없었다. 개인적인 관심조차 가져본 적이 없다. 사람들은 대부분 나이를 먹어갈수록 심하게 정형화되며, 그것이 그대로 드러나는 참을 수 없는 표정을 하고 있었다. 게

다가 그들의 정형화에는 묘한 악의가 자리잡고 있었는데, 그들은 자신들이 절대로 비판받지 않는다는 점을 잘 알고 있으며—적어도 자신보다 어린 세대에 의해서는—그것을 이용해서 자신의 삶뿐 아니라 타인의 삶 역시 무자비하게 정형화해버리고 그것을 숨기지도 않는 말투를 가지고 있었다. 또 다른 경우로는, 자신이 나이 어린 사람에 의해 행여 비판받지 않을까 하는 과도한 두려움에 견딜 수 없을 정도로 겁에 질려 있는 내면의 보호본능이 증오로 드러나는 표정이 있다. 어느 편이든 불균형과 공격성, 뒤틀림과 무기력이 이를 드러내고 있었고 그것은 내게 냉담한 거리감 이상의 그 무엇도 불러일으키지 않았다. 그런데 그의 얼굴에서, 일부러 과장되게 분장시켜놓은 듯한 굵은 주름으로 덮인 그의 얼굴에서 나는 희미한 번득임, 인생과 영혼에 대한 지나치게 정직하고 충실하며 그 점에 대해 현기증이 날 정도로 지독한 행복을 맛보았던 기억을 읽었다. 그의 얼굴은 그 자체로 아직 내가 만나보지 않은 어떤 세계, 아직 읽지 않은 한 권의 책이었으며, 그것은 내가 일순간이나마 느꼈던, 인간의 얼굴과 인격으로 드러난 시간에 대한 생애 최초의 긍정적인 인상이었다. 상투적인 표현을 즐겨 쓰는 사람들은 그런 것을 두고 '어린아이 같은 표정을 지녔다'라고 말해버릴 수 있을 것이다. 그러나 그렇지 않았다. 어린아이는 추상의 행복이나 성찰의 환희를 모른다. 그러므로 그의 인상을 어린아이에 비유하는 것은 다른 종류의 정형화가 되어버릴 것이다. 그는 인생이나 예술이나 그밖의 다른 것에 대해 말해야 하는 것을 부끄러워하는 듯이 보였고, 자신이 타인에 대해서는 아무것도 모르고 있음을 숨기지 않고, 가능하다면 언제나 몸을 감추고 싶어하며, 흔히 오래 살아서 너무 많은 경험을 피부의 주름 속에 켜켜이 숨겨놓은 사람들이 즐겨 그러듯이 사물을 자신의 경험의 세계 안에서 일반화시켜서 말하는 행위에 대한 강한 혐오를 드러냈다. 동시에 그의 얼굴에는 자유로움과 자랑스러운 고독이 넘쳤는데, 그의 자유와 고독은 막다른 골목처럼 그가 부딪히게 된 상황이 아니라 의도적으로 오랜 시간 동안 자신을 정신적으로 독립시켜놓은 고된 훈련의 결과로 획득한 것이었다. 그래서 그는 그토록 피곤해 보였던 것이다. 그것은 그만이 가지고 있는 고유하고 숭고한 미덕이랄 수도 있었고 혹은 이전에는 내가 미숙함으로 인해 놓치고 제대로 관찰하지 못했던 또 다른 보편적인 인간의 면모일 수도 있었다. 그럴 수 있다는 사실에 나는 충격을 받았고, 그리고 그럴 수 있는 사람을 만났다는 사실에 감격했다. 나는 순간 숨이 막히고 다시 한 번 얼굴이 붉어졌다. 그것은 책 속에서 빛을 발견했을 때의 기분과 흡사했다. 예를 들자면, 몇 년 전 조지프 콘래드의 『암흑의 핵심』을 읽고 나서 나는 그런 비슷한 감격에 빠졌었다. 원시의 암흑 자체보다도 그것을 향해 서서히 다가가는 예감으로 인해 느끼는 전율 말이다. 그것의 이름은 단지 '어떤 세계'라고 불리는 것이었다. 그것이 무엇이든 분명한 것은 나는 아직 그것을 모른다는 점이다. 나는 아직 그것을 모른다. 태고의 원시림이나 그곳에서의 죽음과 같은 인상적인 모습 때문이 아니었다. 그것은 한 사람이 어떤 세계를 묘사하려 하는 시도와 과정 자체, 보이지 않는 세계, 존재하지 않는 세계를 향해 오직 자신의 언어로 개척해나가는 흥분 때문이었다. 그런 식으로 그의 언어가 나를 끌어당겼다. 비록 한마디의 말도 하지 않을 때라도 말이다. 나는 어느새 의식하지 못한 채 그에게 다가가고 있었다. 몸이 아니라 내 영혼이 그랬다. 만일 가능하다면, 나는 그와 친구가 되고 싶었다. 엉뚱하고 낯선 욕망이기는 했으나, 진정으로 그렇게 되기를 열망했다. 그는 잠시 사이를 두었다가 말을 계속했다.

─하지만 내 생각으로는, 자네들이 이제 막 열아홉 살을 넘기고, 스무 살을 향해 가고 있다는 사실을 잊지 말기 바라네. 스무 살은, 책뿐만이 아니라 다른 것을 위해서도 바쳐져야 하는 나이라는 것을 말이야. 미래를 너무 성급하게 결정짓기보다는 어느 정도 뒤로 미루어두고 느긋하게 산책하는 기분을 가

져보았으면 하네. 왜 안 되는가? 서두르지 않는 편이 좋을지도 모른다고 염두에 두게. 그러지 않으면 자기도 모르게 경직되어 버리니 말이야. 그래야 하는 것보다 훨씬 더 빨리 말이지. 그것은 지금 우리 모두가 경계해야 하는 심리상태라는 생각이 들어. 자네들이 기성세대가 되어 있을 즈음이면 많은 것이 바뀌어 있을지도 모르네. 나에게 그랬던 것처럼 말이야. 나는 미래의 나에 대해 아무것도, 감히 짐작조차 하지 못했네. 심지어 계획대로 이루어진 일에 대해서도 말이지. 미래의 모든 일에는 빛과 어둠과 냄새와 음악과 감촉과 맛이 있으나 그런 것을 전혀 미리 알 수 없었기 때문이지. 나는 눈에 보이는 것에만 흥분하고 말았네. 그러나 그것이 사물의 전부가 아니었으며 인생은 내가 상상할 수 없는 방법으로 스스로를 표현했네. 그러므로 마찬가지로, 나는 자네들의 미래에 대해서도 아무것도 모르네. 역시 짐작조차 할 수 없네. 자네들이 모르는 것처럼 말이야.

그는 천천히 말했다. 그리고 물컵을 입으로 가져가 물을 한 모금 마시고 다시 담배에 불을 붙였다. 담배를 반쯤 피우고 난 다음 그는 경희를 향해 손을 내밀었고 그녀가 그를 일으켜세웠다. 그의 나이는 내 나이의 세 배가 넘었고 이미 완전히 건강하다고는 할 수 없는 몸이었다. 경희는 그와 마찬가지로 거의 완전히 백발이었으나 주름진 피부는 어린 아기처럼 희고 가느다란 눈에 작은 코에 역시 가느다란 붉은 입술을 하고 있었다. 그녀는 남편이 건강하지 못해 오래 머물지 못함을 사과했다. 나는 그들을 언젠가 다시 한번 만나게 되기를 간절히 바랐지만 감히 그 자리에서 청할 용기가 나지 않았다. 경희는 우리의 대화를 조용히 듣고 있기만 했었다. 그러나 그녀 역시 P교수 못지않게 강렬한 인상을 주고 있었다. 그러나 나는 너무나 수줍어서 P교수는 물론이고 감히 그녀에게도 직접 말을 붙일 용기를 내지 못했다. 지금 몹시 후회가 된다.

어느 순간, 사람들이 더이상 나에게 미래에 무엇이 되고 싶은가 하는 상투적인 질문을 하지 않게 되면서부터, 비로소 나는 미래의 일에 대해 진지하게 생각하기 시작했다. 사람들은 내가 일찍부터 음악이나 미술을 좋아하고 재능을 보이자 예술가가 될 것으로, 적어도 그 비슷한 일을 하게 될 것으로 예상했으나, 정작 학교에서 나를 사로잡은 것은 당장 결과를 확인할 수 있는 생물이나 화학 실험이었으며, 비교적 성적이 좋았던 것은 수학이었고, 가슴이 처음으로 두근거리는 경험을 하게 해 준 것은 도스토옙스키의 책 속의 한 부분, 'Pro et Contra*'를

• 『카라마조프 가의 형제들』 제5편. 라틴어로 '찬성과 반대'라는 뜻.

읽었을 때였다.

　아주 어린 시절 학교는 일단 무언가를 배울 수 있다는 점에서 즐거움의 장소였으나 곧 단체생활이 주는 억압과 강요된 규율들을 더이상 견딜 수 없는 지경에 이르게 되었다. 그리고 눈앞에 확연히 드러나는 불의에 대해 한마디의 저항도 받아들여지지 않는다는 사실은, 처음부터 나에게 거대한 모순과 의문으로 남았다. 학교는 배움의 장소임은 맞으나, 그것은 책과 학문과 정신의 배움이 아니라 정확히는 사회적 규범의 교육장이었다. 예를 들자면 아직 어린 아이들이 학교에서 하게 되는 개구리 해부 실험 따위는 반드시 근절되어야 한다고 생각한다. 이 실험은 아주 어린 시절부터 과학적 탐구의 무감각하고 이기적인 면을 보여주는 것이기 때문이다. 어린아이들의 일반 시민적 교양을 위해서라면 얼마든지 다른 방식으로 대체될 수 있을 것이다. 그러나 정작 의문의 핵심은 어떤 교사도 학생들에게 개구리 해부 실험을 원하는지 그렇지 않은지, 물어보지 않았다는 점이다. 적어도 그것을 원하지 않으며, 책으로 공부하는 것으로 만족하고 직접 메스를 들지 않겠다고 의견을 말하고 그대로 행동할 권리가 왜 애초부터 없는 것인지, 지금도 그것을 이해할 수가 없다. 마침내 내가 그것은 교육도 뭣도 아니고 오직 불필요한 사디즘과 고통의 엿보기와 잔인한 살생에 불과하며 그러므로 나는 그것을 하지 않겠다고 말하자, 교사는 급우들 모두가 보는 앞에서 나를 때렸다. 그 교사와는 이전에는 사이가 좋았으며 우리는 종종 여러 문제를 놓고 즐겁게 간단한 토론을 벌이기도 했었다. 그때는 비교적 모범생이었던 내가 전체가 보는 앞에서 교사로부터 구타당한 최초의 사건이었으므로 나는 아픔보다 충격과 두려움이 더 컸다. 그 교사가 말하기를, 이것은 단체생활이고, 단체생활이야말로 학교에서 우리가 배워야 할 가장 기본적인 것이므로 자신에게는 나에게 그것을 확실히 가르쳐야 할 의무가 있다고 했다. 학생은 교육의 대상이므로 그 방법에 대해 좋다 싫다 선택할 수 없다는 것이다. 게다가 지금 우리 사회에서 요구하는 인간형은 나 같은 종류가 아니라는 말도 덧붙였다. 그리고 그는 감히 입에 담지 못할 폭언도 퍼부었는데, 내가 사이비 종교의 앞잡이라거나 남을 괴롭히는 데 취미를 붙인 꼬마 악당이라거나 혹은 선량한 보통 사람들에게 피해만 줄 기질이 농후한 놈, 따위의 말들이었다. 나는 그가 나에게 내 행위를 변호할 최소한의 기회도 주지 않는 것에 놀라고 절망했다. 그가 플라톤을 읽었음을 이전부터 나는 알고 있었다. 그럼에도 불구하고 그는 플라톤 따위는 아무런 상관도 없고, 그런 것에는 전혀 이해도 동조도 하지 않으며, 그럴 생각도 없으며, 오직 모든 학생들을 규율에 복종하는 인간으로 만들어야 하는 군사학교 교관처럼 날뛰었다. 그러한 변신의 모습은 나에게 아직도 충격으로 기억되고 있다. 내가 이런 곤욕을 치르는 동안, 학교의 모든 학생들이 전부 그 잔인하고 악의적인 욕구를 충족시키는 개구리 해부에 동참했던 것은 아니었다. 평소에도 심약하고 엄살이 있으며 연약해 보였던 몇몇 아이들은 울음을 터뜨리거나 토할 것 같다고 호소했는데, 그들은 너그럽게 용서를 받았고 양호실에서 시간을 보내는 것이 허락되었다. 나도 그런 방법을 썼더라면 비록 비웃음의 대상은 되었겠지만 구타도 면하고 해부 실험도 피할 수는 있었을 것이다. 그러나 나는 그것을 피하는 것이 아니라 거부하는 것임을 분명히 하고, 스스로의 행위를 결정할 수 있는 인간으로서 교사와 의견을 교환하고 싶었다. 물론 그는 나중에 나에게 사과했다. 그러나 더이상은 그를 신뢰할 수 없었고 그의 가르침을 빌고 싶지도 않았다. 나중에 그는 나에게 말하기를, 고전을 단어 하나하나에 집착해서 읽는 것은 어리석은 행동이고 현실에 맞지 않는 일이라고 했다. 왜냐하면 모든 책은 그 당시의 윤리 규범에 영향을 받아 쓰여지는 것이고, 아무리 혁신적인 사상이라 할지라도 결국 당시 현실의 토양 위에서 싹트기 마련이라는 것이었다. 법과 정의를 외치고 싶으면 먼저 그것을 따라야 한다는 말도 했다. 그는 철학자가 아니라 군인이 왕이 되어야 하고, 나아가서는 군인이 철학자를 지배해야 한다고 믿고 있음이 틀림없으며, 더욱 확실하고도 역겨운 것은 그마저도 그 자신이 스스로 내린 결론이 아니라 여기저기서 보고 들은 것에 불과하다는 것이었다. 나는 이미 그의 무지에 깊이 실망했기 때문에 아무런 항변도 하지 않았다. 어린 나이에 가졌던 그 경험은 나에게 큰 상처와 시련이 되었으나 결과적으로는 차라리 잘된 일이었다. 덕분에 나는 책이 언제나 사람을 아주 변화시키지는 못한다는 사실, 적어도 순수하게 지적인 경험이 모든 사람에게 유효하지는 않다는 사실과, 책을 읽고도 여전히 무지한 인간이야말로 근원적인 악덕에 기여한다는 사실을 체험으로 깨닫게 되었으니까. 어쩌면 내가 학교를 떠나야 했던 적절한 시기는, 지금이 아니라 바로 그때, 열세 살 때가 아니었나 싶을 때가 많다. 그러나 당시는 내 경험들을 종합적으로 바라보거나 결정적인 행동을 감행하기에는 아직 어렸으며, 또한 대학에 들어가고 싶은 마음이 컸기 때문에 학교를 떠날 생각은 하지 못했다.

일찍부터 내가 대학에 대해 환상을 갖고 있었다는 것을 굳이 숨기지는 않겠다. 그러나 보통의 경우와는 달리 어떤 구체적인 목적이나 직업을 위해서는 아니었다. 아주 이른 나이부터 현실의 직업이란 것은 나에게 모두 한없이 무의미하고도 무료

하게만 보였다. 내가 관찰한 바에 의하면 대개 목수는 언제나 목수로 남아 있었고 군인은 언제나 군인이었으며 교사나 상인도 그들의 빛깔을 바꾸지 않았다. 일단 한번 직업을 가진 자들은 결코 더이상 변화하지 않는 것처럼 보였다. 그들의 얼굴은 예외 없이 납빛으로 변했으며 눈동자는 반드시 그래야 한다는 듯이 공허했고 손은 자동적으로 연필을 쥐거나 쥐라도 쫓는 듯 막대기를 쥐고 있었다. 그들은 죽을 때까지 변함없는 인생을 살았고, 또 그러기를 깊이 갈망했으며 변화를 강요당하면 견디지 못하는 듯 보였다. 그들은 어떤 직업을 가졌든 간에 작업지침서 외에는 아무것도 읽지 않는 것처럼 보였고 집으로 돌아가 어머니나 아버지 혹은 어느 가족의 일원으로 변신하기 전까지는 마치 인간이 아닌 사물의 한 형태처럼 예상되는 동작을 되풀이하고 있다고 생각되었다. 어떤 형태든 직업을 가진다는 것은, 사방이 책으로 둘러싸인 깊고 고요한 서재 한가운데 웅크리고 앉아 책은 아예 펴보지도 않은 채 하루 종일 연필이나 깎고 있는 것과 다르지 않았다. 그러면서 자신이 몹시 지적인 직업을 가졌다고 생각하는 것이다. 나는 직업을 가지고 사회에 봉사하기보다는 책을 읽고 싶었다. 내가 아는 한 가장 멋진 서재를 가지고 있던 사람은 내 삼촌 중의 한 사람이었다. 그는 사방의 벽을 가득 메운, 도서관이라고 불러도 좋을 만한 서재를 가지고 있었는데, 중학교에 다니던 얼마간 나는 그 서재에서 공부할 수 있는 기회를 얻기도 했다. 그는 공부를 많이 한 사람이었고 간혹 텔레비전에 얼굴이 나올 정도로 유명하기도 했다. 사람들은 그를 학자라고 불렀다. 그것은 영원히 공부하는 사람이라는 뜻이다. 그러나 가까이에서 본 그의 모습은 학자라기보다는 단지 나이먹은 유명인에 불과했으며, 실제로 한번은 비록 농담이라고는 해도 그가 직접 자신의 직업은 '유명인'이라고 말하는 것을 듣기도 했다. 학교가 끝나자마자 나는 곧장 그의 집으로 가서 서재의 한구석, 그가 나를 위해 마련해준 자리에 앉아 책을 읽었다. 서가와 서가 사이, 막 문안으로 들어선 사람의 눈에는 잘 보이지 않는 구석자리였다. 그의 책상은 한가운데 자리하고 있었으며, 커다란 유리 재떨이와 문진과 잉크병과 서류더미와 필통과 그리고 산더미 같은 우편물들로 덮여 있었다. 우편물들은 대개 이런저런 초청장이나 감사의 인사, 안부 편지, 행사의 개최를 알리거나 그런 것과 관련한 부탁의 내용들이었는데, 매일 거의 한 다발씩 그 위에 쌓이고는 했다. 그는 그것들을 읽고 필요 없거나 그다지 중요하지 않은 것은 그대로 발아래 휴지통에 버리고, 그가 관여할 필요가 있다고 느끼는 편지들에 대해서는 답장을 썼다. 이런 일은 대개 저녁 내내 계속되었고, 나는 그가 그 책상에서 석간신문 외에

독학자

다른 것을 읽는 것은 보지 못했다. 당시 그 서재는 나에게 보물의 방과 다를 바가 없었기 때문에 어떻게 그런 서재에서 아무것도 읽지 않는 것이 가능한지 의아하기만 했다. 한 달에 한 번 정도 그가 주문한 책들이 우편으로 도착했다. 그 양은 상당히 많았다. 그는 표지와 목차와 뒷부분의 주석과 한두 페이지 정도는 훑어보는 눈치였으나 그 이상은 아니었다. 그는 이미 너무 많은 것을 읽었고 지상의 모든 지식에 대해 통달해 있어서 그의 지적 관심을 자극할 만한 새로운 것은 더이상 존재하지 않는 듯이 보였다―그럴 수도 없겠지만 만일 그것이 사실이라고 한다면, 그 얼마나 크나큰 절망의 인생일지 생각만 해도 오싹하다. 어쩌다가 텔레비전 방송의 촬영이 있는 날이면 그는 치과에 다녀온 다음 넥타이와 머리 모양에 신경을 썼고 신문에 난 자신의 기사와 글 들을 놓치지 않고 스크랩했다. 그런 일들 또한 책을 읽는 것 못지않게 '상당히 **중요한** 일'이라는 것이었다. 문제는 그런 중요한 일들을 하느라, 자신의 이름을 걸고 이런저런 글을 발표하느라 너무 바쁜 나머지 정작 순수한 목적의 독서를 할 시간이 전혀 없다는 점이었다. 자신의 글을 쓰기 위해 여기저기서 인용할 문장들을 찾아내는 것 말고는 말이다. 그를 절대로 괴롭히거나 방해하지 말라는 부모의 엄명이 있었기 때문에 나는 그에게 질문을 하지 않았고 가능하면 말도 걸지 않으려고 했다. 그의 서재에는 외국어로 된 책들이 많아서 나는 나중에 그것들을 읽기 위해 영어 이외의 다른 외국어도 공부해야 할 필요성을 느꼈다. 대개의 학자들이 자신의 전문 분야에 관한 책만으로 서가를 채우는 것과는 달리 그는 일반 교양서적들도 사들였고, 그의 수집벽이 어디에서 온 것인지는 알 수 없으나 어쨌든 그의 그런 수집 취향이 내게는 도움이 되었다. 그는 분자생물학이나 세균학에 관한 것에서부터 건축 사진집이나 기차의 역사, 화이트헤드의 『수학의 원리』나 윤리학에 대해 루실리우스에게 쓴 세네카의 편지 같은 책들도 사들였다. 심지어는 바흐의 평균율 악보를 사기도 했다. 그에 관해 지금 비판적으로 말하고 싶은 생각은 없다. 어쨌든 그가 나에게 '직업인으로서의 학자'의 모습을 가까이서 보여준 것은 사실이다. 그들은 대개 일반인들이 익숙하지 않은 자신만의 특별한 분야, 라는 것을 갖고 있으며 일단 그 분야에서 어느 정도의 위치에 오른 다음에는 그 안에서 쉽게 안주하고 그 안에서 전문가가 된 다음에는 공부에서 손을 털어버리기가 쉬운 듯 보였다. 그들은 전문가가 아닌 일반 교양인을 마음속으로 평가절하하며 존경을 받는 것에 너무나 익숙해 있고 자신이 존경을 바칠 학문이나 정신의 대상이 더 남아 있다는 사실에는 둔감했다. 나는 직업활동을 한다는 것은, 단순한 반복 노동에 대한 두려움을 넘어 근본적인 나 자신의 상실을 안게 되리라는 막연한 예감을 느꼈다. 설사 '학자'라는 직업을 갖게 되더라도 말이다. 만일 미래에 직업을 가져야 한다면, 반드시 그래야 한다면, 최소한의 시간만을 투자할 수 있는 직업을 선택할 것이며, 자신의 글을 쓰기 위해 책상 앞에서 인용문을 찾으며 고심하는 것보다는 오직 독서 자체를 즐길 것이며, 가족을 부양하는 의무에 짓눌리지 않도록 결혼을 하지 않으리라 나는 결심했다. 그럼으로써 나는 더욱 많은 시간을 오직 순수하게 읽고 공부하고 정신을 진보시키는 일에 몰두할 수 있을 것이다.

학교에서 행해지는 노골적인 직업교육이나 군사교육은 정말이지 고약한 것이었다. 내 키는 백육십삼 센티미터를 간신히 넘었고, 몸무게는 오십오에서 오십칠 킬로그램 사이를 왔다갔다했다. 아마도 더이상은 자라지 않을 것이다. 육체적으로 과격한 활동이나 거친 집단생활은 나에게 힘거운 것이었으며, 야비하게 느껴졌고, 원하는 바도 아니었다. 현장학습이나 체육시간에 나는 언제나 놀림거리가 되거나 낙오자가 되기 일쑤였다. 정말이지 존 듀이는 나에게 아무런 도움이 되지 못했다. 나는 손놀림이 서툴러서 매듭짓기 경연에서는 언제나 꼴찌였으며 교련수업 때는 몸이 굼떴고 체육시간에는 빨리 달리지 못했고 군인의 정신이나 운동선수의 신체를 가지지도 못했으며 목공이나 원예를 잘하지도 못했고 흥미를 느끼지도 못했다. 나와 같은 낙오자를 조롱하는 것은 그런 종류의 수업시간에 공식적으로 허용되었다. 하지만 정작 조롱당하는 것보다 더욱 참을 수 없는 것은 온갖 거칠고 조야한 존재들이었다. 예를 들자면 대학에 들어와서 처음으로 만나게 되었던, 소위 과장된 사회주의 리얼리즘 스타일의 예술들이 있다. 선전을 위한 예술의 존재 자체를 부정하는 것이 아니라 목적지향적이며 기능적인 그들이 단숨에 먹어치워버리는 철학적 사색의 과정과 파장, 그런 다양하고 관용적인 섬세함을 말하는 것이다. 악을 무찌른다는 핑계로 또 다른 악을 만들어내고 있는 전투적인 무지함이 다른 것도 아닌 예술의 이름을 뒤집어쓰고 기세등등해 있는 몰골들 말이다. 그런 것을 마주칠 때면 체육시간에 진흙바닥에 얼굴이 처박힌 채 몽둥이로 엉덩이를 두들겨맞았을 때처럼 고통보다는 슬픔과 분노로 심장이 오그라든다.

수년 동안 나에게 대학에 대해 이야기하곤 했던 주변 사람들 말로는 대학은 자유로운 학문의 장소라고 했지만, 실제로 내가 본 것은 자유도 학문도 아니었다. 캠퍼스에서 일어나는 모든 것이 차마 눈 뜨고 보아줄 수 없을 정도로 과장된 광대마당과 같았다. 그중에서도 내가 아는 최고의 광대는 서로의 가족이 오랜 친구 사이인 김진호라고 할 수 있다. 그를 내 친구라

독학자

고 부르기에는 좀 어색하다. 그와 나는 오랜 시간 알고 지냈으나 친구로서 그러했던 것은 아니었다. 그는 대학에 들어오기 전까지는 극단적으로 음울하고 내성적인 소년이었다. 학교에서 그는 거의 한마디도 하지 않았는데, 집에서는 더더욱 말이 없었다. 그는 자신이 무엇을 해도 눈에 띄지 않는 존재라고 생각했음이 틀림없다. 성적이 유난히 좋지도 않았고 그렇다고 바닥을 헤매지도 않았으며 예능에 소질이 있는 것도 아니고 외모가 출중한 것도 아니었다. 그는, 그런 존재가 되기 위해서라면 평범한 한 인간이 어떤 노력도 기울여야 할 필요가 없는 바로 그런 존재였고, 대개의 평범한 인간들에게는 그런 점이 행복으로도 불행으로도 작용하지 않을 테지만, 특별하게 자의식이 강한 한 소년의 경우, 자신이 결코 눈에 띄지 않는 존재라는 사실을 담담하게 인정하고 받아들이기란 결코 쉬운 일이 아니었을 것이다. 그의 원래 야망이 무엇이었는지 나는 알 수 없다. 어쩌면 눈에 띄겠다는 것 말고는 야망 따위는 애초부터 없었는지도 모르겠다. 그러나 어느 편이든 간에 그가 당시의 상황에 심히 불만스러워하고 있었던 것만은 확실하다. 그의 여자 형제들은 모두 사교적이고 활달했으며 재능이 있고 꽤 미인이기까지 했다. 그가 그녀들을 질투했는지는 확실하지 않다. 지나치게 말이 없고 항상 고개를 숙이고 다니는 그를 걱정한 그의 어머니가 나에게 그의 학교생활이나 교우관계 등에 대해 따로 물어온 적도 있었다. 집이나 학교에서 그는 적어도 문제를 일으키지는 않았다. 그리고 그는 표면적으로는 아무 문제도 없는 듯 보였고 또 실제로도 그랬다. 단지 말이 없고 음울했을 뿐이다. 무거운 무엇인가가 그의 가슴뿐 아니라 얼굴 또한 짓누르고 있는 듯, 그의 표정은 특별히 저녁이 되면 하루의 무게를 견디지 못하고 약간씩 일그러져 있기도 했다. 항상 친구들과 함께 어울려 다녔으나 그들과도 별다른 대화를 나누는 것 같지는 않았다. 그렇게 그는 음울하기는 했으나, 쉽게 예상되는 것처럼 결코 고독한 외톨이는 아니었다. 단지 그렇게 보일 뿐이었다. 그는 무조건 친구를 필요로 했고, 더 정확히는 집단이나 그룹을 필요로 하는 대표적 인간이었다. 어떻게 그런 것이 가능했는지는 알 수 없지만, 친구들 사이에서 그는 말이 없고 감수성이 놀랍도록 예민하며 약간은 철학자 풍의 그런 학생으로 평가받고 있었다. 그는 자신의 그룹 내에서나마 어느 정도 주목받는 존재가 되기를 원했던 것이다. 정말 그런 의도로 그가 언제나 얼굴을 찌푸리고 당장 자살을 계획하는 사람처럼 음울한 표정을 유지하고 다녔는지는 확실하지 않지만 말이다. 젊은 교사들은 간혹 그에게 관심을 보였다. 그가 문제로 가득 찬, 문제적인, 문제가 있는 학생처럼 보이기도 했기 때문이다. 몇몇 교사들은 그가 내성적이고 감수성이 예민해서 다치기 쉬우며 밝고 긍정적인 분위기로 유도해야 할 필요가 있는 어린 영혼으로 생각하는 듯했다. 그런 그에게 반감을 가지는 세력도 물론 존재했으나, 그들이 야비하고 비열하게 그를 괴롭히거나 비난하면 반드시라고 해도 좋을 정도로 어느 누군가, 정의감이 가슴에 가득 찼으나 머리는 나쁜 어느 학생이나 아니면 여대를 졸업하고 부임한 지 한 학기도 지나지 않은 교사가, 연민의 눈물을 보이며 그를 위해 분연히 나서곤 했다. 그러면 대개 숙연한 분위기에서 그에게 유리한 방향으로 사건이 종료되곤 했다. 그사이 그는 입 한 번 열지 않았고 표정을 바꾸지도 않았다. 한마디로 그는 긍정적으로 본다면 비록 극소수의 학생들에 의해서기는 하지만 '뭔가 있을 것 같은 놈'이었다. 그 뭔가가 무엇인지, 남들은 물론 그 자신도 잘 몰랐겠지만 말이다. 그러던 그가 대학에 들어온 지 두 달도 채 지나지 않아 갑자기 바뀌었다. 놀랍게도 그는 사춘기의 자신을 억누르던 고뇌의 정체와 그리고 동시에 그 해결책마저도 함께 발견한 것이다. 유레카.

사람들이 흔히 생각하는 것과는 정반대로, 대학은 공부하기에 가장 적절하지 못한 곳 중의 하나이다. 어쩌면 대학은, 상당히 역설적이지만 적어도 지금의 시대에서는 김진호와 같은 유형의 사람들에게—그가 대학 재단과, 대표적 부르주아 지식인인 교수 집단과, 캠퍼스에서 일어나는 이런저런 안이하고 느슨한 향락문화에 대해 당장 몽둥이를 휘두를 듯이 사납고 거칠게 휘몰아치는 언어를 사용해 비판에 비판을 가하는 어떤 역할을 도맡고 있는 듯 보이지만, 바로 그런 일 말고는 다른 아무것도 할 수 없는 것처럼 보이고 또 하기를 원하지도 않는 듯 보이므로—가장 유리하고도 유쾌한 활동환경을 제공해주는 것은 아닌가 의심이 들 때도 있다. 그는 내게 결코 호감을 주는 존재가 아니다. 그러나 대학에 들어온 이후 그를 우연히 만나거나 함께 대화를 나눌 때 나는 그에 대한 의혹이나 경멸의 감정을 자유롭게 드러내지 못했다. 심지어 내면에서 솟아오르는 그런 감정의 충동조차 억제하게 된다. 우선은 타인을 미워하고 경멸하는 것에 대한 반사적인 죄의식 때문일 테고, 다른 이유로는 대학 전체를 장악하고 있는 거의 군대를 연상시키는 집단적이고 맹목적인 도덕성이 그를 완전히 옹호하고 있기 때문이었다. 이전에는 그와 나는 거의 대화를 나누지 않았다. 학교에서는 물론이고 서로의 집에 가족 단위로 저녁식사를 초대받았을 때조차도 마찬가지였다. 그러나 서로 같은 대학에 진학한 이후 그와의 물리적인 거리가 더 가까워졌다고 느낄 수밖에 없었는데, 그 이유는 그가 엄청나게 변했기 때문이었다. 자신을 표현하는 방법으로 얼굴을 찌푸리는 대신 큰 소리로 목청껏 일종의 특권을 발휘하는 듯 '금지된' 노래를 부르거나 가방에 돌과 화염병을 실어나르는, 생동감 넘치고 행동하는 양심이자 책임을 방기하지 않는 지식인, 즉 역사적이고 생산적인 인간으로, 그리고 아는 얼굴을 만나면 먼저 다정한 말을 건네는 우애 어린 인간으로 말이다.

신입생 시절 나는 자전거를 타고 전철역에서 대학 캠퍼스까지 이동하곤 했다. 어느 날 자전거를 타고 등교하다가 대학의 정문을 지나 막 길이 왼편으로 꺾어지는 지점에서 나는 갑자기 튀어나온 한 학생과 하마터면 충돌할 뻔했다. 코너에서 속도를 내고 달린 내 편의 책임이었고 어쨌든 급브레이크를 잡아 간신히 충돌을 면했으나 자전거는 그 옆의 나무에 강하게 부딪쳤고 나는 그대로 옆으로 쓰러지고 말았다. 쓰러지면서 부드러운 흙으로 덮인 경사진 화단의 아래쪽으로 떨어졌기 때문에 심하게 다친 것은 아니었다. 자전거가 고장나진 않았을까 걱정이 되면서 좀 당황스럽고 창피한 마음이 들었다. 화단 위쪽의 건물 앞에 수십 명의 학생들이 뭔가 모임을 준비하는 듯 두런거리면서 모여 서 있었기 때문이었다. 그때 그들 중에서 빠른 걸음으로 화단 아래쪽으로 내려와 (굳이 그럴 필요까지는 없었는데) 나를 부축해서 일으켜세워준 사람이 있었다. 그가 김진호였다. 그는 진작 나를 알아보았던 것이나 나는 그러지 못했다. 내가 아는 김진호는 넘어진 나에게 달려와 도움을 베풀 그런 인간이 결코 아니었다. 그가 의도적으로 냉정하다는 의미가 아니라 그 정도로 주변에 친숙하게 구는 것과는 거리가 한참 멀었다는 뜻이다. 나는 김진호가, 이전에 고등학교 때는 나에게―뿐만 아니라 다른 학생들에게도―인사도 없이 얼굴을 찡그린 채 그냥 지나치던 그 김진호가 보여준 친절과 찌푸림 없이 웃는 얼굴에 순간 어리둥절했다. 그는 내 손을 잡고 몸을 일으켜주었으며 바닥에 뒹구는 책과 노트 들을 주워 흙을 털어주었다. 그리고 친숙하게 내 어깨 위에 손을 얹었는데, 그의 표정은 더이상 찌푸린 것이 아니었고 그 눈길은 더이상 언제나처럼 비스듬하게 아래를 향하고 있지도 않았다. 그 모든 순간을 화단 위쪽의 학생들이 처다보고 있었다. 그들은 모두 값싼 천으로 된 바지를 입고 배낭을 메고 헌 농구화를 신고 있었다. 그들의 옷차림은 눈에 띄게 허름하고 피부는 검게 그을려 있었으나 눈빛만은 이상할 정도로 반짝반짝했다. 그들과 눈이 마주치자 김진호는 손을 들어 잠시만 기다려달라는 신호를 보냈다. 아주 짧은 순간이었으나 김진호와 그들 사이에는 모종의 암시와 존경과 인정과 특별한 결속력이 담긴, 그런 진지한 눈빛이 교환되었다. 몇몇 학생들은 담배를 피우고 있었다. 김진호는 언젠가 시간이 된다면 나를 만나서 대학생활에 대해 이야기를 나누고 싶다고, 젊음과 청춘과 정의에 대해서도 이야기를 나누고 싶다고 입을 열었다. 그러면서 '너는 정말로 남다르고 특별해 보이는 학생이었으니 너와 이야기를 나누는 것은 분명히 특별한 경험이 될 것이다'라고 했다. 잠시 얼떨떨함에서 벗어난 내가 그러면 밤에 집으로 찾아오라고 했더니 그가 잘라서 대답하기를 '집으로 방문하는 것은 싫다'고 했다. 그러면 내가 집으로 갈까? 하고 물으니 자신은 일 주일째 집에 들어가지 않았으며, 설사 간다 하더라도 잠시 옷을 갈아입거나 할 때뿐이라고 했다. 그때 나는 그의 말을 전혀 이해하지 못했다. 그의 집은 우리 집과 가까운 곳에 있었고 대학에서도 결코 멀지 않았다. 집에 들어가지 않은 지 일 주일이나 되었다, 라고 말할 때 그의 턱이 정체 모를 자랑스러움으로 위를 향했고, 그는 그 자만심의 내용을 나에게 설명하고 싶은 상한 욕망에 차 있는 것처럼 보였다. 너에게 설명하고 싶어 미치겠지만, 나는 영웅답게 침묵을 지킨다, 라고 말하고 싶어 견딜 수 없어하는 표정을 나는 읽을 수 있었다. 그의 모든 행동과 나를 향하는 몸짓들은 계속해서 화단 위편에 있는 그의 동료들에게 주시당하고 있었다. 보통의 경우 자연스럽게 이루어지는 것보다 더 많이, 더 신중하게. 덩달아 나 역시 주시당하는 것처럼 생각되었는데, 김진호를 평가하기 위해 나의 반응이나 대응도 필요한 요소로 생각되는 것 같았다.

그의 변화에 관해 이런저런 소문을 듣게 된 것은 그후의 일이다. 그가 청춘과 젊음과 정의에 대해 대화하고 싶어했던 남다르고 특별했던 학생이 나 혼자만이 아니었던 것이다. 한마디로 그는 정치 문제에 관여하는 대학생이 되어 있었는데, 일반적인 의미의 정치 문제가 아니라 당시 캠퍼스를 뒤흔들고 있던 일정한 방향의 커다란 흐름 속에서 신천지를 발견한 것이었다. 그는 영감을 받았고 그는 개종했으며 그는 말을 되찾았고 자기 자신을 되찾았고 인간과 삶을 되찾았으며 역사 안에서 민족과 민중의 존재를 발견했고 그 안에서 바로 자신의 위치를 발견했다. 아니 마지막 말은 정확하지 않다. 민중이란 단어를 말하는 사람들 중에서 개인으로서의 자기 자신이 그곳에 속한다고 생각하는 사람을 아직은 만난 적이 없으니까. 마침내 우리가 다시 만나게 되었을 때 도무지 멈추지 않는 그의 다변이 또 한번 나를 놀라게 했다. 사회에 대한 그의 새로운 시각은 나로 하여금 내 삶이 지나치게 안으로만 향하고 있으며, 소극적이고 소심하며 역사와 공동체에 대한 책임감이 없는 나약한 것이며, 그리하여 그런 점들이 곧 결과적으로는 전체 사회의 부도덕함을 용인해주는 것이 되며, 존재 전반을 개선하기 위한 희망을 거부하는 것으로 연결되는 것이 아닐까 하는 의심을 품게 만들었다. 정치적 혁신과 진보에 대한 근본적인 열망은 다른 모든 젊은이들과 마찬가지로 나에게도 당연하고도 간절한 꿈이기는 했다. 만일 겉으로 나타난 그의 태도가 그토록 빠른 시간에 거짓말처럼 선명하게 바뀐 것이 아니었다면, 그가 사용하는 용어가 그토록 단순하고 앵무새처럼 반복되는 의식의 테두리를 그대로 드러내는 상투적인 것이 아니었다면, 그의 화법이 부흥전도사나 세일즈맨 혹은 다수의 인원을 확보해야 하는 직업에서 전문가가 되기 위해 잘 훈련받은 사람의 전형적인 말투가 아니었다면, 나는 그의 말에 좀 더 귀를 기울이고 그의 삶의 철학을 진지하게 받아들였을지도 모른다. 그리하여 그가 지나치게 빈번하게 사용하던 진부한 표현대로 '함께 고민해보'았을지도 모른다. 그러나 어느 정도 신들린 듯한 그의 말투와 눈빛이 거부감을 일으키는 것과 동시에 그의 지나친 변화와 모종의 판에 박힌 태도는 신뢰감을 감소시켰다. 시간이 지날수록 나는 그가 금지된 것을 이용해 시선을 받는 것을 동물적으로 즐기는 쪽에 가깝다는 결론을 내릴 수 있었다. 단지 금지된 것을 하고 있다는 데서 오는 즐거움, 선을 넘는다는 짜릿함, 남들은 모르는 노래를 부르는 우쭐거림, 이타적인 목적을 위해 위험을 무릅쓴다는 젊은이다운 유치한 자부심, 평범하기만 했던 한 인간이 주목받음으로써 공허하기만 했던 에고가 드디어 채워지는 경험을 하게 되고, 거기에서 느끼는 새로운 인격에 대한 열망, 그 속에서 비로소 자신이 주인공이 되는 느낌, 낭만적인 반항을 넘어서서 이윽고 혁명의 이름을 불러본다는, 영웅을 모방하는 듯한 흥분, 그런 도덕적 무기를 처음으로 손에 얻게 된, 공격욕구를 가진 본능적 한 인간의 재탄생. 그는 고등학교 때까지는 그런 종류의 영적 세례를 전혀 받지 못했고, 감히 상상조차 할 수 없었을 것이며, 또한 그런 식으로 특별한 존재가 될 수 있다는 생각 역시 꿈에도 하지 못했을 것이다. 나는 그후 김진호를 의도적으로 멀리했으나 우연한 마주침마저 피하기는 힘들었다. 그의 심리적 추이를 관찰하는 것은 그다지 어려운 일이 아니었는데, 놀랍게도 그는 무엇이든—적어도 그 자신에 관한 것이라면—입밖으로 내어 말하는, 그런 인간이 되어 있었던 것이다. 그는 수업을 거의 듣지 않는 듯했고 그가 속한 소위 서클이라는 곳에 내내 머무르며 대개 그곳의 동료들과만 어울렸다. 정말이지 이해할 수 없는 일이지만, 열심히 수업을 듣고 청강을 위해 다른 교실마저 기웃거리는 나보다도 그는 더욱 대학에 만족하고 있는 것 같았다. 중간시험 성적이 거의 영점에 가까웠던 그를 유급시키고자 했던 한 교수에게 보여준 그의 항의는 광란에 가까운 것이었고 비

독학자

록 그가 원하던 성과를 거두지는 못했으나, 나중에 그 교수로 하여금 군사독재정권에 빌붙어서 그들이 흡혈귀처럼 민중의 피를 빠는 것을 적극적으로 도와주는 가증스러운 지식인의 리스트—그와 같이 저항운동을 하느라 미처 시험 준비를 착실히 할 시간이 없었던 학생들을 고려해주지 않는, 그리하여 학점이라는 구실로 궁극적으로 이 사회의 폭발적인 에너지인 모든 학생 계층을 꽁꽁 동여매어버려 결과적으로는 폭정을 일삼는 독재자들을 도와주게 되는, 그럼으로써 자신에게 얻어질 어느 정도의 이익에 군침을 흘려대는 겉만 고상한 돼지보다 더 더러운 사이비 지식인의 리스트—에 한동안 붉은 글자로 이름이 펄럭이는 수모를 당하게 만들었다. 그의 행위는 비열하고 저급한 것이었으나 그 교수에게 지독한 학점을 선물받은 일부 학생들로부터 장난스러운 환영을 받기도 했다. 그는 커닝을 하거나 출석부를 조작하는 정도의 일은 아무런 죄의식을 가지지 않고 해치웠다. 나는 그런 그가 소름이 끼칠 만큼 싫었으나 우연히 만나 잠깐 인사라도 나눌라치면, 내가 가지고 있는 모든 의혹과 확신에 가까운 의심에도 불구하고 어느 순간 그가 오점이라고는 하나도 없는 순결한 도덕의 갑옷으로 단단히 무장하고 있다는 느낌을 받곤 했다. 이상한 일이지만 분명히 그랬다. 일단 그는 언제나 자신이 아니라 철저히 타인의 이익을 위해서만 바삐 움직이는 것처럼 보였다. 그의 말에 의하면, 심지어 커닝조차도 말이다. 그리고 간혹 그는 놀랄 만큼 친절했으며—이유를 전혀 짐작할 수 없어 어리둥절해질 만큼—내게 그러했던 것처럼 낯모르는 사람에게도 기꺼이 도움의 손길을 내밀었으며 심지어 누군가에게는 입고 있던 옷을 벗어주었다는 엉뚱하고도 영웅적인 이야기마저 떠돌았다. 냉정하게 말하자면, 지금 대학에 더 어울리는 유형의 사람은 내가 아니라 그와 같은 종류였다. 적어도 그는 대학에서 분명한 자신의 길을 찾은 사람에 속하니 말이다.

내가 미술관에 들어간 것은 입장이 시작된 오전 열시였다. 나는 발을 질질 끌듯 걸었다. 아침부터 태양이 내리쬐는 뜨거운 날씨였으나 바람이 차고 건조하며 그늘 속은 팔에 소름이 돋을 정도로 공기가 냉랭했다. 나는 약간의 열이 있었고 짐이 무거워 허리를 바로 펼 수가 없었다. 이마에서는 식은땀이 흘렀고 얼굴은 큰 병이라도 있는 환자처럼 거무스름했다. 아침 일찍 도착한 나는 미술관 입구 옆 작은 공원의 벤치에 앉아 미술관의 문이 열리기를 기다리면서 편지를 썼다. P교수에게 보내는 편지였다. 이번에는 니체와 키르케고르에 관해 내가 읽은 책들에 대해 설명하고, 그를 만난 후로는 책에서 무엇을 읽든

독학자

그의 모습이 문장과 문장 사이에서 나타난다고 고백했다. 사실 내가 읽은 니체의 글은 『차라투스트라는 이렇게 말했다』와 『디오니소스 찬가』 단 두 편밖에 없었고, 『죽음에 이르는 병』을 읽기는 했지만 키르케고르에 대해서는 거의 백지라고 할 만큼 아는 것이 없었으나 전날 서점에 들어가 잡지에서 그것들에 관한 자료를 읽고 편지에 인용했다. 나는 P교수에게 할 수 있는 한 나 자신을 드러내 보이고 싶었고, 무엇보다 지적인 감수성이 뛰어나고 문장력이 좋기는 하나 고집스럽고 세련되지 못한 외골수인 S보다 더 뛰어난 독서가라는 것을 증명해 보이고 싶었다. P교수에게 그동안 꽤 여러 통의 편지를 썼으나 그는 한 번도 답장을 하지 않았다. S를 통해 그의 주소를 알아내는 것조차 나에게는 쉬운 일이 아니었다. S는 내가 그에게 보이는 관심을 질투하여 갑자기 나에게 더할 수 없이 냉담하게 굴었다. 가을이 다 가고, 이른 회색빛 겨울이 찾아올 즈음에야 나는 그의 주소를 얻을 수가 있었다. 그사이에 혹시 그가 나를 잊어버리지나 않았을까 나는 몹시 불안했다. 처음에는 타이프라이터를 사용할까 생각했으나 곧 손으로 직접 쓰는 것으로 선택했다. 대학에 들어간 기념으로 선물받은 전동 타이프라이터는 줄바꿈이 자유롭고 무엇보다 수정이 가능했기 때문에 내가 몹시 사랑하는 물건이었다. 그것 외에도 멋진 검은 정장 한 벌과 넥타이를 선물받았으나 그것을 입을 기회는 한 번도 없었다. 나는 그가 나이가 많은 노인이란 점을 생각해서, 인쇄된 글이 손으로 쓴 것보다 읽기에 더 좋을 것이라고 생각했으나 어쩌면 그는 보수적인 사람일지도 몰랐고, 개인적인 편지를 타이핑해서 보냈을 때 거부감을 느끼는 경우에 대해서도 종종 들어보았기 때문에 내 악필을 그냥 사용하기로 했다.

나는 그에 관해 아는 것이 너무 없었다. 어떤 화제가 그를 사로잡을 수 있을지 알 수 없었으므로 가능한 한 내가 할 수 있는 모든 것들을 시도하기로 했다. 즉, 나는 내 소개를 간단히 한 다음, 그와 친구가 되고 싶다는 조심스러운 소망과 함께, 그가 나를 판단할 수 있도록 내가 읽은 것들에 대해 썼다. 그것은 지적으로 보이고 싶은 서툰 포즈만은 아니었다. 정직하게 말해서, 내가 읽은 것들은 곧 그대로 내가 살아온 것이었고 나의 전부, 나의 세계였기 때문이다. 흥분하거나 자아도취에 빠지지 않으려고 애썼으나 잘되었는지는 자신이 없다. 나는 그가 과연 내 편지를 받기는 했는지, 그것을 읽었는지, 그것에 대해 어떻게 생각하고 있는지 알고 싶어 미칠 것만 같았다. 운이 나쁜 경우라면, 그는 단지 내가 그보다 아주 나이 어린 사람이라는 이유 하나만으로도 나와 동등한 입장에서 친교 맺는 것을 원하지 않을 수도 있었다. 혹은 내가 그를 아주 잘못 생각하고

독학자

있는 경우로, 나이를 떠나서 그는 애시당초 나라는 인간 자체에게 아무런 관심도 없고 내가 보이는 관심 역시 조금도 달가워하지 않을지도 모르며 도취적인 망상에 가득한 젊은이 따위는 귀찮기만 한 존재로 생각할지도 몰랐다. 만일 그가 내 편지를 불쾌하게 생각한다면 그는 S를 통해 한마디 전해올 수도 있었으리라. 그러나 그는 그러지 않았다. 그는 오직 침묵할 뿐이었다. 그의 주소에 의하면, 그는 예상과는 달리 인구가 밀집한 도시 한가운데의 아파트먼트에서 살고 있었다. 매번 편지를 쓸 때마다 나는 그를 한번 방문해도 되겠느냐고 끈질기게 물었으나 역시 아무런 대답도 받지 못했다. 마침내 나는 혹시 S가 일부러 엉뚱한 주소를 전해준 것이 아닌가 의심하기에 이르렀다. S는 나와 마찬가지로 그를 흠모하고 있음이 분명했고, 자신이 나보다 더 그럴 권리가 있다고 믿고 있을 것이기 때문이었다. 게다가 S의 성격은 어느 정도 (쉬슨굿고 고집 센 아이가 그러는 것처럼) 음흉한 면도 있어서, 정말로 질투가 난다면 충분히 그런 일을 꾸밀 만하기도 했다. 그러나 나는 다른 선택의 여지가 없었기 때문에, 그에게 편지 쓰는 것을 멈추지 않았다. 나는 세상의 모든 책에 대해 그에게 편지를 쓰게 되기를 바랐다. 그리고 그가 젊음에 대해 암시한 대로, 세상의 모든 일을 경험한 다음, 세상의 모든 장소에서 그에게 편지를 쓰리라 마음먹었다. 이 여름의 여행도 오직 그를 위한 것이라 해도 과언이 아닐 것이다. 나는 앞으로도 그를 위해 얼마든지 여행을 떠날 것이고, 그 여행지에서 그에게 편지를 쓸 것이며, 나는 그런 여행과 편지 쓰기를 오직 그를 위한 '저녁식사 전의 가벼운 숲속 산책'이라 부르리라.

미술관에서 나는 세 시간 정도 시간을 보냈다. 허기 때문에 더이상 걸을 수 없게 되어서야 나는 밖으로 나와 배낭에서 딱딱한 마른 빵과 물을 꺼내 그것으로 아침 겸 점심 식사를 마쳤다. 잠시 쉰 다음 우체국으로 가서 편지를 부칠 생각이었다. 미술관 앞 잔디밭은 완만하게 경사진 매우 커다란 언덕의 일부분이었는데 수백 명은 되어 보이는 전 세계의 젊은이들이 주저앉아 있었다. 하늘은 금방 빨래통에서 꺼낸 듯 물기 어린 진한 파란빛이었으며 바람은 매우 거칠고 햇볕은 여전히 팔과 목덜미가 따끔거릴 정도로 강했다. 그곳은 축제의 장소와 닮았으나 소리가 없었다. 정말이지 환하게 밝은 빛과 젊음으로 숨막히게 일렁이면서도 냉담하게 적막했다. 젊은이들의 대화는 맑고 투명하게 엷은 대기 속에서 그대로 강렬한 빛과 사나운 바람, 이국적인 노래와 춤의 먼 풍경으로 사라져버리고, 그들의 모든 목소리의 여운이 오직 구름 아래의 느슨한 몸짓으로 남아 이곳저곳을 서성였다. 그 낯설고 화려한 침묵 속에서 사

독학자

람들은 자신이 이방인임을 비로소 깨닫게 되었다. 미술관의 지붕이 햇빛 속에서 번쩍거렸다. 오랜 여행의 피곤 때문에 그 지엄한 햇빛을 한번 힐끗 쳐다보는 것만으로도, 내 육체는 거의 처형당하는 듯한 충격을 받았다. 나는 간신히 빈 공간을 찾아 잔디밭에 누웠다. 등에 닿는 흙의 감촉은 깜짝 놀랄 만큼 차고 축축했다. 나는 이 여름, 여행 중에 스무 살이 되었고, 계속해서 그에게 편지를 쓸 터였다. 그리고 배낭에서 여행 내내 가지고 다니던 니체를 꺼내 한 구절을 읽은 다음 그것을 베고 잠이 들었다.

그토록 오랫동안 애타는 목마름은 아니었도다.
너 불타는 심장이여 약속의 땅이 멀리 보이고
낯선 입들이 내게 말하도다,
이제 위대한 냉정함이 다가온다고.

그것은 깊고도 긴 잠이었다. 나는 몹시 피곤했으며 스스로 짐작하기에 병이 들지 않았을까 싶을 정도였다. 여행 내내 거의 대부분 물과 딱딱한 빵만으로 식사를 때운데다 피곤에 지쳐서도 잘 자지 못했던 것이다. 잠에서 깨어났을 때는 비가 내리고 있었고 이미 저녁이었다. 비는 공기처럼 가볍고 축축하고 은밀하게 내리고 있었다. 몸을 움직이지 않은 채 집중하고 있으면 풀밭에 비가 떨어지는 소리가 옷자락처럼 바스락거렸다. 나는 한동안 하늘을 향해 똑바로 누운 채 얼굴에 비가 떨어지는 것을 개의치 않으며, 그 소리를 귀 기울여 들었다. 빗방울은 그들만의 언어를 가지고 있어서, 내가 목말라하는 바로 그것에 대해 속삭이고 있었다. 내가 그것을 이해하기만 한다면, 내 마음, 내 갈증은 모든 것을 다 보게 되리라. 너 불타는 심장이여, 불타는 심장이여. 비록 수는 많이 줄었으나 여전히 젊은이들은 미술관 앞 잔디밭에 앉아 비를 맞으며 어딘가를 하염없이 바라보고 있었다. 여전히 그들은 대화를 나누고 있었으나 말소리는 들리지 않았다. 그들이 내가 잠들기 시작할 때 앉아 있던 그 젊은이들인지 아니면 그사이에 미술관을 방문한 다른 젊은이들인지는 확실하지 않았다. 이 장소는 스무 살 내가 두 번 다시는 방문하지 못할 바람의 어느 정거장이고 두 번 다시는 같은 모습을 만나지 못할 저녁의 미술관이었다. 나는 일어나 가방에서 수건을 꺼내 젖은 머리와 옷을 닦았다. 이유 없이 가슴이 두근거렸다. 그곳에는 비가 내리고 있었으나 멀리 지평선으로는 해가 지고 있었다. 붉은 기운이 섞인 황금빛 해의 마지막 빛이 두꺼운 검은 비구름의 망토 사이로 멀고도 아득하게 지상을 향해 손을 내밀고 있었다. 유일한 금빛의 사다리, 그 하늘의 길을 렘브란트라면 바로 이렇게, 지금과 같이 그렸을 것이다. 그것을 보면서 '저기 신이 있다' 하고 누군가 농담을 했다. 그것이 내가 그곳에서 들은 유일한 목소리였다. 그 먼 빛을 제외하고는, 지상의 모든 것들이 비구름 아래 점점 더 빠른 속도로 어둡게 형체를 잃어가며 검은 실루엣의 두건을 뒤집어쓰고 있었다. '해가 지고 이제 밤이구나. 편히 잠을 잘 시간이다. 그럼 잘 있거라' 하고 내 입에서 나도 모르게 작별의 인사가 튀어나왔다.

여행에서 돌아와서 내가 만난 S는 검은 양복을 입고 있었다. S의 입에서 나는 P교수가 백혈병을 앓다가 내가 여행을 떠난 직후 죽었으며, 그를 기리기 위해 S는 백 일 동안 검은 양복을 입기로 결심했다는 말을 들었다.

2

내 살에서 늙은이의 맛이 나니, 더이상 달콤하지 않구나. 이제는 모든 불쾌하고 어리석으며 이전이라면 역겨움을 느낄 만큼 추잡한 일이라도 행할 수 있을 것 같다. 창녀의 음부에 처박히려고 발광이라도 해보라. 구석으로 내몰린 것도 아닌데 스스로 먼저 나서서 천박하게 타락해보라. 모든 오만이 익사하고 진실로 그것들의 필연적인 추악함에 가까이 다가가게 되리라. 곱사등이, 불구자, 얼굴과 몸통이 비틀린 자, 털북숭이에 굳은살이 박이고 기괴한 형체로 분노를 불러일으키는, 그리고 ……한 그들에게, 악취를 찾아 헤매게 하고 오물에 입맞추게 하는 그것에. 스스로 자신을 고문하는 탐욕 넘치는 자에게. 어떤 저항도 파멸을 막지 못하리. 많은 이들을 보호하는 규범은 더이상 존중을 받지 못한다. 부패한 혼돈을 앞세우고 가라. 아직도 안전한 곳에 있는 젊은이들과 건강한 사람들의 절규를 들어보아라. 죽어가는 자들을 보면서 그들은 구토를 참지 못하는구나. 내가 바로 그 병든 자의 모습이다. 나는 지쳤다. 이 피폐함이 독처럼 나를 질식시킨다. 싸늘한 냉기가 지속되고 있다. 마치 구름보다 높은 곳에서 내려다보는 불행처럼. 비명을 토하는구나. 오직 헛되도다, 고.

책을 덮은 다음 나는 S의 뒤를 따르기 위해 자리에서 일어나 햇빛 속으로 걸어들어갔다. 검은 옷을 입고, 눈과 혀가 입밖으로 튀어나오는 극단적인 공포와 절망을 통해서, 오직 그것으로 인해서 역설적으로 크나큰 영감을 받게 되는 순간에, 만일 그런 순간이 나에게 주어진다면, 그때 이 묵시록을 다시 읽으리라, 하고 나는 한스 헤니 얀Hans Henny Jahnn의 이 글, 「구스타프 아니아스 혼의 기록Die Niederschrift des Gustav Anias Horn」을 처음 읽었던 과거에 생각했었다. 당시 나는 방을 가득 채울 정도의, 내 또래보다는 조금 더 많은 책을 읽은 것을 제외한다면, 이 세상의 어떤 경험도 본격적으로는 가져보지 못한 풋내기에 지나지 않았다. 이 글을 읽었을 때의 전율에 뒤따르는 느낌은, 아직은 이것은 나를 위한 글이 아니다, 라는 생각이었다. 나를 위한 것도 아니며 나의 것도 아니었다. 아직은 아니다. 그러나 머지않아 곧. 햇빛 아래서, 땀으로 흥건히 젖은 목덜미가 이유 없이 불쾌하게 계속 수축되고 있었다. 입안이 불타는 사막처럼 마르고 지쳐 비틀거리는 몸 안에서 날카로운 정신만이 견딜 수 없을 만큼 팽창하여 그 압력으로 눈동자가 충혈되며 앞으로 밀려 튀어나와야 한다. 심장은 고장난 엔진처럼 빠르게 풀무질하며 타는 냄새마저 풍겨야 한다. 반드시 그래야만 한다! 정녕 그럴 만한 영감은 육체적이고 현시적인 증상을 동반할 것이다. 눈에 보이지는 않더라도, 신의 망치가 나를 거세게 내리치고 나는 그 고통을 분명히 느낄 것이다! 그럼으로써만 얻게 되는 그것을, 나는 얻을 것이다. 그럴 만한 것을 위해 나는 기꺼이 즐겨 고통을 받아들일 것이다. 또한 거기에 반드시 검은 옷이어야만 했다. 계절이나 시간은 상관없으나 검은 옷을 입고, 검은 모자를 쓰고 있어야 할 것이다. 나는 그렇게 나를 스스로 눈에 보이는 철저하게 추상적인 것으로 만들 것이다. 나는 그곳에서부터 올 것이다. 그리하여 마침내 어느 날 내 존재는 그것 말고는 아무것도 아닐 것이다!

내가 굳이 대학 입학 선물로 검은색의 정장을 고집했던 것도 바로 그런 이유 때문이었다. 아마도 대학 안에서, 그 한가운데서 나는 그 옷을 입게 되리라 생각했던 것 같다. 그러나 오,

독학자

단지 어쭙잖게 몇 마디 지껄인 것에 불과한 너 한낱 몽상가여. 오늘 나는 아주 다른 이유로 그 검은 정장을 처음으로 입게 되었다. 그렇지만 지금 내 육체는 정신적인 충격으로 흉하게 비틀어지거나 극단적인 고통을 겪고 있지 않았다. 단지 더위와 익숙하지 않은 복장으로 불편할 뿐이었다. 나는 연신 두리번거리고, 후줄근해진 채 햇빛 때문에 눈살을 찌푸렸으며, 뱃속이 좀 거북하고 이마에서 흘러내리는 땀을 닦다가 딸꾹질을 하기도 했다. 그리고 어지러웠다. 햇빛 아래서 나는 창백해졌고 익숙하지 않은 넥타이 때문에 숨쉬기가 곤란해졌으나 S의 걸음은 나를 기다려주지 않았다. 도서관 입구에서 나를 부르던 S의 모습이 나를 아연케 한 것은 내가 언제나 상상 속에 그리고 있던 검은 모자를, 내 영감 속에서 언제나 바로 그 자체를 상징하며 나타났던 그토록 비밀스러운 영적 결사의 검은 모자를, 어이없게도 바로 그가 쓰고 있었기 때문이었다. 검은 옷을 차려 입고 검은 모자를 쓴 그는 난데없이 한여름의 거리 한복판에서 불쑥 솟아오른, 장소를 잘못 찾은 퀘이커 교도처럼 보였다. 상상 속에서 몇 번이나 나는 그 모자를 쓰고 있었던가. 그 모자를 쓴 채 얼마나 자주 쓰러짐을 경험했던가. 쓰러지는 그 순간 대지가 소멸해버리는 바로 그런 장소에서.

　버스 안에서 우리는 별다른 대화를 나누지 않았다. 여행에서 돌아온 다음 나는 그가 분명히 나에게 한 방 날려주기 위해 멋진 러시아어 시구 몇 개 정도는 준비해놓았으리라 예상하고 있었지만 그는 내내 말이 없었다. 그렇다고 해서 특별히 침울해 보이는 것도 아니었고 단지 조금 더 안으로, 더 내성적으로 바뀐 듯한 모습이었다. 그의 이런 모습은 나를 어느 정도는 당황하게 만들었다. 그는 자주 오랜 시간 묵묵히 있었고 나에게도 필요한 말 이상은 입을 열지 않는 경우가 많았다. 이전의 그는 항상 나에게 무슨 문제인가를 먼저 내놓고 그것에 대해 토론하기를 즐겼다. 그의 변화는 P교수의 죽음으로 받은 충격 때문인 것 같았다. 그날 우리를 초대한 것은 경희였다. 나는 S를 통해 연락을 받았고 그 초대를 거절할 이유는 없었으나, 전혀 예상하지 못한 벅참 때문에 며칠 동안 긴장하고 있었다. 경희는 아직도 그와 함께 살던 그 집에서 살고 있다고 했으므로, 나는 아마도 그의 방이나 서재 등을 보게 될 것이었다. 그것을 보게 될지도 모른다는 가능성은 기대와 함께 두려움을 동반했다. 나는 내내 살아 있는 그를 생각하고 있었지 죽어버린 그에 대해서는 아무런 준비도 없었기 때문이다. 그는 적어도 내가 직접 알고 있는 사람들 중에서는 최초의 죽은 자로 기록될 것이다. 죽음은 곧 반사적인 슬픔이라는 것을 나는 책과 예술작품들을 통해 배웠으나 정작 나 자신이 그의 죽음에서 직접 마주친 것은 현실에서 실제로 일어나는 모든 일들에 대한 맹렬한 어색함, 그 이상은 아니었다. 단지 그것이 현실에서 일어났기 때문에, 사람들이 현실을 절대적인 것으로 받아들이기 때문에, 그래서 아무도 저항하거나 비판하지 않고 있는 것처럼, 사랑스러운 사람의 달콤한 입에서 나오는 논리가 결여된 잘못된 대화나 천박한 언어 취향을 받아들이는 것처럼 말이다.

S의 설명에 의하면 경희는 결혼 전에 여자고등학교 교사였으며 몹시 엄격하고 융통성이 없는 편이라고 했지만 나에게는 그 말을 확신할 수 있는 어떠한 근거도 없었다. 그날 저녁 잠시 동안의 인상에 의하면 그녀는 체구가 작고 이목구비가 은은하며 복슬복슬한 흰 머리칼에 유난히 하얀 피부를 가졌던 조용하고 상냥해 보이기조차 하는 나이든 여자였다. P교수에게 온통 주의가 집중되어 있었기 때문에, 그리고 그녀가 거의 말을 하지 않았기 때문에 그녀의 외적인 인상 밑고는 크게 기억나는 것이 없기는 했으나 딱딱하고 엄격한 여교사라는 이미지는 아니었던 것이다. S는 어린 시절에 무슨 일인지는 생각나지 않지만 경희에게 호된 꾸지람을 들었던 기억이 남아 있는 모양이었다. 내용은 잊었으나 그녀의 냉랭한 목소리는 지금도 잊혀지지 않는다고 했다. 어쩌면 P교수의 집에서 밥을 먹다가 뭔지 기억나지 않는 자신의 고집이 받아들여지지 않자 입안의 밥을

그대로 식탁 위에 왈칵 뱉어버렸을지도 모른다고 했다. 그는 쑥스러움 때문에 자세한 설명을 피하고 뭉뚱그려 말했으나 나는 그라면 충분히 그런 행동을 저지르고도 남았을 거라고 대꾸해주었다. 우리 집에서 그랬다면 아무리 어렸을지라도 나는 호되게 매를 맞았을 것이다. 심한 경우라면 뱉어낸 것을 다시 먹어야 했을 수도 있는 일이었다. S가 말하지는 않았지만 어쩌면 경희도 그렇게 하도록 시켰을지도 모르는 일이었다. 그러나 나는 S의 말 때문에 경희에 대한 선입견을 갖지는 않기로 결심했다. 처음에는 나보다 나이가 훨씬 많은, 단지 할머니라고 불리는 것 이외에는 어떠한 정체성도 갖지 않는 듯이 보이는 늙은 사람을, 잘 알지도 못하는데 찾아간다는 것이, 비록 그녀가 P교수의 아내이고 그와 오랜 세월을 함께한 가족이라 할지라도 부담스러웠던 것은 사실이다. 그러한 부담감은 그녀가 나를 어떻게 대할지 그녀 자신조차 알 수 없을 것이며, 나 또한 그녀를 어떻게 대해야 할지 잘 알 수 없다는 상태에서 기인했다. 하지만 이제 그녀가 직접 나를, 정확히 말하면 우리, S와 나를, 만나기를 원하고 있다는 것은, 그녀가 나를 어떻게 대해야 할 것인지 어느 정도 결정을 내렸다는 뜻으로 받아들여도 무방할 것이었다. 하룻저녁을 고심한 후에 나는 그녀를, P교수처럼, 나아가서는 그 자체인 것처럼 대하기로 마음먹었다. 그러나 그것이 의지를 넘어 현실로 가능할지는 스스로에게 확신시킬 수 없었다.

  사람을 직접 대면하는 일이란 그가 누구든지 간에—단골 상점 주인이거나 나이를 짐작할 수 없는 그늘진 우체부거나 혹은 사랑하는 어머니거나 할 것 없이 모두—어렵고 위축되면서 한편으로는 한심할 정도로 짜증나는 일이다. 그것은 매우 긴장되는 일이고 에너지를 필요로 하면서도 순수하게 정신적인 충족을 위해서는—그가 설사 그럴 만한 사람이라고 하더라도—하등의 도움이 되지 못한다. 도리어 이전에는 없던 혐오나 희미한 의혹에 거북한 거리감까지 얻게 되는 것이 보통이다. 마치 자연의 헌법에 명시되어 있기라도 한 것처럼 의심의 여지도 없는 일이다. 의견은 충돌하기 일쑤이고, 그렇지 않으면 적절한 표현을 찾지 못하며, 혹은 그럴 수 있다 해도 타이밍을 놓치게 되고, 그래서 그 표현은 비록 같은 것일지라도 다시 적절하지 못한 것이 되며, 상대편은 스스로의 이해력을 조율하는 데 실패하게 되고, 그것을 감추는 것에도 마찬가지로 실패하며, 일그러뜨린 표정을 보이지 않기 위해 무의미하고 적극적인 미소를 짓게 되며, 그 미소를 해명하기 위해 바라지도 않는 저녁식사 초대를 하게 되고, 그런 경우를 대비해서 오래전부터 사람들이 만들어놓은 상투적인 표현으로 모든 대화를 장식하게 되고, 그리하여 마침내 직접 대면해서 이루어진 모든 일들에 대해서는 그 누구도 변명이 받아들여지거나 진정으로 잊혀지거나 용서받지 못한다. 설사 그 모든 것이 단지 실수나 오해, 서투름 때문이라고 해도 말이다. 아주 드문 예외를 제외한다면 나는 일생의 경험을 돌아볼 때 그 주장에 반하는 실례를 알지 못한다. 그럼에도 불구하고 사람을 직접 만나게 되는 것은, 그 사람이 아니라 정신을 만나는 통로로써, 책을 제외한다면 어쩔 수 없이 가장 유용한 방법이기 때문이다. 그러나 아직까지도 나는 나에게 인간으로서 가장 좋은 인상을 남겼던 유일한 사람들이란 내가 만나지 않은 사람들뿐이라는 생각에서 크게 벗어나 있지 않다. 비록 P교수와 같은 사람이 있기는 하나, 아니 그는 이미 과거형이 되었지만, 기본적으로는 그렇다.

사람들의 몸짓을 통한 의사표현, 목소리의 톤이나 (문자가 아니라) 소리로 대상을 지적하는 것, 그리하여 그 소리를 통해 그 대상이 호칭을 부여받는 것, 그 위에서 비로소 의미가 생기는 것, 그러함으로써 상대뿐만이 아니라 그 자신마저도 그 대상에 집중하게 되는 것, 표정과 눈짓으로, 발음하고 지칭함으로써 소위 영혼의 감수성을 표현한다고 하는 것, 그리고 그럼으로써 비로소 존재하게 되는 언어들, 비록 아우구스티누스가 그런 것에서 민중의 자연적인 언어를 발견하고 이후에 비트겐

독학자

슈타인이 동의하기는 했으나, 나는 그런 식의 언어들을, 비록 위대한 정신에 의해서 존재가 발견되기는 하였으나, 존경하지는 않는다. 소리가 그것을 가리킨다. 그래서 그것들, 소리와 대상이 일치하게 된다. 그것은 목소리의 가리킴이며 정화되지 않은 언어이다. 극단적으로 본다면 모든 목소리는 거짓말이다. 주변의 언어이고 소리로서의 언어이다. 개구리가 개굴거리거나 새가 재재거리는 것과 다르지 않다. 그런 언어들은 너무나 자연스럽고 직관적이고 본능적이어서 자신의 정신을 그대로 언어화하려고 하는 사람에게는 적절하지 않다. 언어 자체가 자신만의 추상의 세계를 가지고 있다고 믿는 사람들에게는 고통스럽기도 하다. 사람들을 직접 만나게 되면 대개는 그런 소리의 언어를 이용해서 대화하게 된다. 그런 언어가 표현하는 세계는 또 다른 언어가 표현하는 세계와는 별개의 것이다. 또 다른 언어는 흔히 문학이라고 불린다. 문학이 언어인 것은 맞으나 모든 언어가 다 문학인 것은 아니다. 문학은 의사소통의 필요에 의해서 존재하는 언어가 아니나 궁극의 의사소통은 결국 문학으로만 완성될 수 있다. 문학은 소리의 언어를 육체에서 분리시켜 마침내 완성시킨다. 그러나 문학은 직접 대면한 사람과 사람 사이에서 충분히 교통되기에는 지나치게 '자연적인 것'에서, 우리의 입술에서 멀리 있다. 내 입술이 그것을 그리워

하나 그 소리는 너무나 부족하다. 문학은 대화가 아닌 편지이다. 문학으로 대화하기 위해, 그러기 위해 우리는 필연적으로 멀리 떨어져 있어야 하는 것이다. 혹은 서로 알지 못하며 일생 동안 한 번도 만날 일이 없거나. 그런 경우에만 진실로 나는 너에게 말할 수 있는 것이다. 그러나 입에서 나오는 것은 문학 아닌 오직 언어이니, 나는 사실을 말했으나 이미 언어로 인해 내가 말한 것은 오직 사실의 '이름', 언어의 호칭이 될 뿐이었다. 그것은 죽음 이후에 육체에 머물지 않는 이름과 같다. 즉 내가 진실로 말할 수 있는 모든 것은, 내가 그것을 말하기 때문에 비로소 새롭게 존재하게 된 그런 종류의 언어에 의해서이지 단순히 그것을 가리키기 위해 이미 유통되는 언어에 의해서는 아닌 것이다. 전체로서의 (아리스토텔레스의) 세계는 이미 공간에 자리한 것이 아닌 것처럼, 의지로서의 언어는 이미 육체 안에 머물지 않는다.

우리가 만나는 이유는 오직 언어를 교환하기 위해서다. 그것이 나와 타인의 존재 이유이다. 그러나 우리는 '말'하면 할수록 점점 더 서로에게서 멀어져가고, 언어의 세계에서 멀어져가고, 서로가 추구하는 인식에서도 멀어져간다. 나는 상대편의 집을 나오면서 그를 이해하기는커녕 결국 그와 알게 된 것을 마침내 후회하고 말 것이다. 그리하여 모든 대화의 끝에는 불쾌한 후회와 침울이 쌓여간다. 덜거덕덜거덕 소리를 내면서 몸의 기계가 돌아간다. 오, 육신이여, 죽음의 화폐만이 통용되는 영원한 감옥이여. 이 세상의 모든 침묵은 언어의 끝에서 비로소 탄생했다. 언어를 모른다면 그는 침묵을 배울 이유가 없었을 테니까. 그렇다. 침묵은 자연적인 것이 아니므로 그것을 배워야 한다. 침묵은 단순히 '말할 수 없는 상태'가 아니며 그것과는 정반대의 강변에 서 있는 것이다. 불안으로 마음이 조여왔다. 나는 조각배를 타고 강물 위에 너울거리며 떠 있고 바람은 아무것도 약속하지 않으며 새들이 허공에서 세상의 모든 방향으로 각자 날아가고 있었다. 흰 강변에 금방이라도 사라져버릴 듯한 멀고 먼 모습으로 하얀 경희가 서 있었다.

그 집 안은 내가 생각했던 것보다 훨씬 더 협소했고, 살림살이는 번쩍이는 새것은 바늘 하나 보이지 않았으며 더힐 수 없이 검소했다. 그때까지 내가 방문해본 집 중에서 가장 검소한 편에 속하지 않을까 싶었다. 좀 의아한 생각이 들기도 했으나 그것에 대해 묻는 것은 실례가 될 것이므로 나는 아무 말도 하지 않았다. 사실 처음에는 집 안을 관찰한다든가 하는 행동은 상상조차 할 수 없었다. 나는 어떻게 하면 자연의 모순의 산물인 언어의 부조리를 넘어서서 경희와 대화를 나눌 수 있을까, 과연 그것이 성공할 수 있을까, 만일 그렇지 않다면 나는 언제나 그러는 것처럼 환멸에 대항할 준비를 해야 하는데, 그것은—이미 나는 경희를 P교수처럼 대하기로 마음먹고 있었기에—너무나 가슴이 찢어지는 일이므로 감당할 자신이 없었고 그 생각에 필요 이상으로 집요하게 매달려 있었기 때문에, 집 안으로 들어가 신발을 벗고 거실로 안내될 때까지는 그냥 허둥지둥할 뿐이었다. 경희는 직접 문을 열어주고 우리를 좁은 거실로 안내했다. 실망스럽게도 그곳은 서재가 아니었다. 구식 텔레비전과 몇 개의 화분과 낡고 커다랗기만 한 음향기기가 있는 평범한 거실이었다. 한눈에 본 바로는, 아마도 일부러 다 치워버렸겠지만, P교수를 연상시키는 것은 아무것도 없었다. 그림이나 사진도 보이지 않았고 남자 슬리퍼나 담배나 재떨이도 없었다. 그러나 정신을 차린 다음 가장 놀라웠던 것은 경희의 모습이었다. 사실 나는 경희를 처음에는 잘 알아보지도 못했다. 그녀는 훨씬 더 작아졌고, 마치 공기가 급격하게 빠져나간 것처럼 칙칙하고 쭈글쭈글해져 있었다. 그녀의 모습은 아이러니하게도 내가 오는 내내 버스 안에서 골똘히 생각하고 있던 오직 오류로서의 표피적 언어, 그 자체처럼 보였다. 강아지처럼 복슬복슬했던 하얀 머리칼은 마치 빗물에 젖기라도 한 듯 초라하게 착 가라앉아 주름과 음울이 겹쳐 있는 이마 뒤로 빗어넘겨져 있었다. 눈두덩과 입술은 양끝에 추를 매달아놓은 듯 딱해 보일 정도로 축 늘어졌고 가벼운 화장을 하고 있음에도 낯빛은 더할 수 없이 어두웠다. 한여름인데도 보라색―전혀 화사해 보이지 않고 도리어 표정과의 부조화로 인해 괴상하고 흉하기까지 한 인상을 주고 있는―카디건을 걸치고 목에는 스카프까지 하고 있었는데 그런 복장은 그녀를 더욱 둔하고 주변과 어울리지 않는 잘못된 얼룩처럼 보이게 했다. 그녀는 잠시 우리를 눈앞에 그대로 둔 채 앉으라고 말하는 것도 잊은 듯 두 팔을 휘둘러 무의미하고 어수선한 몸짓을 취했다. S는 땀에 전 모자를 벗었고 그녀는 그것을 받아 소파 곁의 탁자 위에 올려놓았는데, 자신이 무엇을 하고 있는지 잘 모르는 듯 보였다. 그러다가 갑자기 털썩 소파에 주저앉았다. 우리는 어찌할 바를 모르고 잠시 서 있다가 어색하게 그녀의 맞은편에 나란히 앉았다. 세 사람이 자리잡자 거실은 만원 지하철처럼 꽉 찬 느낌이었다. 그녀는 우리를 똑바로 바라보면서 이상한 몸짓을 했다. 화장실을 가리키면서 격렬하게 손을 비비는 것이, 손을 씻고 오라는 뜻인 것 같았다. S가 나를 잡아 일으켰다. 우리는 나란히 화장실로 들어가 손을 씻었다.

―숙모님은 가끔, 아주 가끔 목소리가 나오지 않는다고 하셔. 삼촌이 돌아가신 뒤로는. 놀랄 필요 없어. 저러다 금방 괜찮

아지곤 해.

　S가 속삭였다.

　경희는 우리가 큰 잔에 든 차가운 음료수를 한 잔 다 마실 때까지 거의 몸부림을 치듯이 과장된 손짓으로 의사표현을 하다가 마침내 목소리를 되찾았다. 목소리가 나오게 되자 그녀는 더이상 과장된 몸짓을 하지 않았다. 낮고 잔잔하게 말했으며 말이나 몸짓을 아끼는, 더할 수 없이 소극적인 태도로 되돌아갔다. 그녀가 우리에게 이곳까지 찾아오는 데 문제는 없었느냐고 물었다.

　─다행히도 아무런 문제가 없었죠. 버스 총파업이나 지하철, 택시 노조의 파업도 없었고 철도도 파업하지 않았고 공항도 마찬가지구요. 게다가 오는 길에 분신 소동이나 화염병, 최루탄도 없었고 추모제 행렬이나 노제도 만나지 않았으니 우리는 정말 운이 좋았어요. 날을 잘 선택한 겁니다.

　S가 농담으로 대꾸했다. 그녀는 미소를 짓기는 했으나 진지하게 재미있다고 생각하지 않음이 역력했다. 그녀는 말했다.

　─이상한데. 그런 농담을 하다니. 그래도 너희 학생들은 파업이나 저항의 표시인 분신에 대해 긍정적으로 생각하고 있는 것처럼 보이는데 말이야.

　─그건 아닙니다.

S가 재빠르게 말했다. 대학의 밖에 있는 사람들은 모두 이런 식으로 말하곤 했다. S도 나도 가족이나 친척들로부터 수백 번씩 들어온 질문이었다. 대학생이라면 모두가 다 '삼민투민족통일민주쟁취민중해방투쟁위원회'나 '민민투반제반파쇼민족민주화투쟁위원회', 그리고 최근에 결성된 '전대협전국대학생대표자협의회' 등에 속해 있거나 적어도 잘 알고 있으며 그들과 어깨동무라도 하고 매일 캠퍼스를 누비는 줄로 말이다. 그리고 정체불명의 용어인 'NLPDR'이니 '주사파'니 하는 말에 대해서도 친근하게 느끼는 줄로 말이다. 그러나 소위 그들 소수의 '지하 엘리트'를 제외한다면, 대학 내에서도 대부분의 학생들은 뭐가 어떻게 돌아가는 판인지 신문이나 봐야 감을 잡을 뿐이다. 물론 치열한 역사의식으로 무장하지 못한 학생들 대부분은 당연히 그런 기사를 잘 읽지도 않지만. 경희의 눈길이 내 쪽으로 향했다. 나는 갑작스럽게 지금 당장 뭔가 말해야 한다는 충동과 압박을 느꼈다. 그러지 말아, 하고 속으로 외쳤으나 이미 내 입은 벌어지고 있었다.

―대부분의 학생들은, 물론 민주화와 사회 개혁의 무혈혁명이 성공하기만 한다면야 더할 수 없이 좋겠지만, 현실은 그들의 바람과 전혀 다른 것으로, 희생은 피할 수 없는 것이, 학생운동은 그들 특유의 아마추어 정치의 흐름으로 이해해야 하므로, 그러면서 동시에 더 치열하고 절대적인 지금 그들 입

장으로는, 민중이 사사로운 한 개인이기에 앞서 정치적인 집단 주체의 역할을 하는 시기로, 결론을 내리자면 이렇듯 험하고 거칠게 보여도 결국 그들이 추구하는 것은 아마 순결함이 겠지요.

이런, 왜 나는 이런 바보같이 앞뒤도 맞지 않는 말을 함부로 지껄이고 만 것일까. 이곳에 도착하기 전의 좋지 않은 예감은 결국 현실이 되었다. 횡설수설을 마치고 나서야 나는 내가 학생운동을 위해 변명을 한 꼴이 되어버렸음을 깨달았다. 그러나 어떻게 다르게 말하면 좋았을까. 어떻게 다르게 말할 수 있는지 모르겠다. 왜 그런 질문을 받을 때마다 뭔가 그들 자체가 아니라 그들의 대의명분을 위해 변명해야 한다는, 적어도 그 대의명분 자체에 상처를 주어서는 안 된다는 성급한 초조함에 사로잡히게 되는지 알 수 없는 일이다. S가 어이없다는 눈길로 나를 쳐다보았다. 나는 말을 시작하기도 전에 미리 내가 무지한 반동세력을 대변하는 것처럼 보이게 되는 것에 지레 겁을 먹어버린 것이다. 정말 그런 것을 원하지는 않았으니까. 이 겁쟁이 같으니. 게다가 그것은 너의 의사가 전혀 아니지 않느냐 말이다. 그러나 너무 늦었다. 경희는, 당연히 그런 말을 들을 줄 알았다는 듯이 태연한 표정이었다. 심지어 내 입술과 목소리가 심하게 떨리는 것을 보았을 텐데도 미소조차 짓지 않았다. 처음부터 그녀는 우리와 그 문제에 대해 토론 따위를 벌일 생각은 없었을 테니 그 정도로 자연스럽게 결론 내려준 것을 차라리 고맙게 생각하는 듯했다. 그녀는 감정을 전혀 읽을 수 없는 목소리로 나에게 말했다.

—하여튼, 젊음이란 이상에 가득 찬 잔인하고 난폭한 독재자나 다를 바 없죠. 누가 그것을 진정시킬 수 있겠어요.

그것이 아마도 경희의 솔직한 생각이리라.

—그래도 나는 그들의 나로드니키 지향이 마음에 들지 않습니다. 그들은 의도적으로 대중 속에 자신을 묻음으로써 획일적이고 천박한 개성을 스스로 만들어내고 나아가 그것을 전파시키는 셈이죠. 실상 대중 자체가 원래부터 그런 점을 가지고 있었는지 의심스러운 성향도 포함해서, 더구나 거기에 이전에는 없던 소위 순결성이나 도덕이라는 권력을 실어서 말이에요. 지금 그들이 말하는 문화는 선전 이상의 그 무엇도 아닙니다. 노동자 계급의 독재가 정치뿐 아니라 문화도 점령할 것이니, 그런 식으로 정치는 진보할지 모르나 예술적 정신은 분명히 쇠퇴할 것입니다.

S가 불만스럽게 한마디 던졌다.

—그러나 적어도 정치는 이제 소위 그 막연한 정신이라는 것보다도 오직 대중에게 의지하게 되지 않을까? 더욱 분명하

고 노골적으로 말이야. 지난 유월에 우리가 본 것처럼 말이지.

S에게 말하는 경희의 목소리는 단정적이었다. 그녀는 다시 나를 향해 말했다.

―학생, 정말 미안해요. 놀랐을 거예요. 가끔 예고도 없이 목소리가 나오지 않으면 나도 모르게 초조하고 불안해서 신경질적이 되곤 한답니다. 이제 충격에서 벗어나 다 나왔다고 생각했는데 학생의 모습을 문 앞에서 만나니 갑자기 말문이 막혀서. 이해해주었으면 합니다.

나는 괜찮다는 뜻으로 간신히 고개를 끄덕였다. 정작 나 자신의 목소리가 탁 걸려버린 듯 나오지 않았다. 나는 성급하게 엉뚱한 말을 내뱉어버린 것에 대해 후회하고 있었다. 그녀는 나를 아주 다르게 볼 것이다. 무엇과 다르게인지는 지금 정확히 알 수는 없으나 분명히 다르게 말이다. 나 자신에게 화가 났다. 그녀는 내가 P교수에게 편지한 것을 알고 있을까? 아마 알고 있을 것이다. 그렇다면 그것을 읽었을지도 모른다고 생각하니 견딜 수 없이 수치스러워졌다. 내 편지를 다른 사람이 읽어서가 아니라, 그럴 수도 있다는 것을 전혀 예상하지 못하고 편지를 썼던 스스로가 견딜 수 없었다. 그녀가 그 편지를 읽었다면 거기 적혀 있던 세상을 다 아는 듯이 오만한 문장의 나와 당황하고 위축된 지금의 나 사이의 차이를 어떻게 느낄 것인가 생각하니 한심한 의문이 들었으나 먼저 물어볼 용기는 나지 않았다.

—학생이 보냈던 편지는,

마침내 그녀가 먼저 말을 꺼냈다.

—남편이 모두 읽었답니다. 아니, 정확하게는 내가 읽어주었어요. 마지막 순간에 그는 거의 눈이 보이지 않게 되었으니까요. 그래서 본의 아니게 나도 학생의 편지를 읽게 되었답니다. 그래서인지 실제로는 거의 알지 못하는 사이지만, 학생이 낯선 사람이라는 생각이 들지 않아요. 학생은 좀 놀랐겠지요.

나는 목구멍에서 간신히 기어나오는 목소리로, 괜찮다고 말했다.

—정말 아름다운 글이었어요. 모든 문장이 숨막힘으로 가득 찬…… 진지하고도 독특한 목소리들…… 나뿐 아니라 남편도 진심로 그렇게 생각했어요. 조금만 더 건강한 상태였다면 답장을 쓸 수도 있었을 텐데.

S와 나는 묵묵히 듣고만 있었다. 잠시 말이 없다가 그녀가 계속했다.

—이 말을 들려주고 싶어서 오라고 했어요. 원한다면 남편의 서재를 보여드릴게요. 이 집에서는 그곳이 유일하게 그만의 공간이었답니다.

경희를 따라 우리는 P교수의 서재로 들어갔다. 서재는, 사방에 책이 가득 쌓여 있는 좁디좁은 구석방일 뿐이었다. 보통의 집이라면 잡동사니나 유아차나 감자 박스나 낡은 가구를 쌓아놓는 창고로나 쓰일 만한 방이었다. 창문조차 없어서 경희는 전등불을 켰다. 구석에 벽을 마주 보고 책상이 하나 있을 뿐, 그밖의 공간은 오직 책뿐이었다. 책상은 방의 구석진 모퉁이에 딱 붙어 있어서, 고집스럽게 등을 돌리고 앉아 책을 읽는 그의 모습이 연상되었다. 책들은 서가에 반듯하게 정리된 것이 아니라 모두 바닥에서부터 높게 쌓여 있어서, 아래쪽에 있는 책을 꺼낼 때는 아주 주의하지 않으면 위쪽의 책들이 모두 눈사태라도 난 듯 무너져내리게 될 것이었다. 아닌 게 아니라 무너져내린 채 쌓여 있는 책더미도 여러 개였다.

— 이 방에 내가 들어오는 것을 좋아하지 않았어요. 그는 이곳에서 혼자 책 읽기를 좋아했지요. 청소도 스스로 했구요. 책 읽는 방이 너무 크거나 창문이 있거나 해서 시선을 분산시키는 것도 좋아하지 않는 사람이었어요. 책을 책장에 꽂아두는 것도 원하지 않았어요. 그는 다락방 같은 분위기를 원했으니까요. 그런 점에서는 어린 사내아이 같았죠.

평범한 갈색 나무책상은 이미 깨끗하게 치워져서 종이 한 장 보이지 않았다. 대신 그 위에는 채 포장을 풀다 만 퍼스널

컴퓨터 박스가 놓여 있었다. 작년에 S도 이 년치 대학 등록금에 가까운 돈을 지불하고 마련했다고 나에게 자랑했던 16비트 IBM XT 기종이었다.

―마지막으로 저것이 갖고 싶다고 했어요. 물론 우리 형편에는 무리였지만. 그때만 해도 잠시 앉아서 컴퓨터 작업 정도는 할 수 있을 때였거든요. 하지만 이후로 갑작스럽게 악화되어서 저것이 배달되어오던 날부터 거의 의식이 없다시피 했죠. 그래서 결국 만져보지도 못했어요.

더이상 할 말도 없었고 음료수도 바닥났다. 경희도 입을 다물었다. S는 바닥을 내려다보면서 서성였다. 나는 손바닥에서 땀이 나는 것을 느꼈고, 차라리 여행을 떠나지 않았다면 더 낫지 않았을까 하는 생각이 들었다. 나는 가까운 사람의 죽음을 경험해본 적이 없었다. 그를 가까운 사람이라고 할 수는 없겠지만, 어쨌든 그랬다. 나는 그를 만나고 있는 것인가? 그렇지 않다는 확신이 들었다. 그렇다면 상실감을 느끼는가? 그것도 아니었다. 상실감을 피부로 느끼기에 그와 나는 가까이에서 눈빛을 교환하며 대화를 나눈 시간이 지나치게 부족했다. 그 점은 아마 S도 마찬가지일 것이고, 어쩌면 심지어 경희 역시 마찬가지일지도 모른다. 그러나 마지막 생각은 확신이라기보다는 상상이었다. 경희에게서는 어떠한 감정도 읽히지 않았다.

일 년 남짓 사이에 이십 년은 더 나이들어 보이게 변해버렸으나 그것은 정신적인 상실이라기보다는 육체적인 피로감처럼 보였다. 그녀는 울지도 않았고 이성을 잃지도 않았으며 심지어 슬퍼 보이지도 않았다. 단지 잠시 순간적으로 목소리를 잃을 뿐이었다. 육체적으로 증명할 수 있는 것을 갖게 됐으므로 그녀는 도리어 다른 종류의 의무감으로부터 해방되어 안도하는 것처럼 보였다. 비록 멋대로 짐작하기는 했으나 솔직히 나는 그녀와 같은 입장에 처한 자를 지금까지 한 번도 만난 적이 없으므로 단지 그 상태를 그녀의 눈빛, 발걸음, 몸동작으로 상상하고 추측할 수 있을 뿐이었다. 그러나 그녀가 그 언어로 자신을 나타내는 것인지 숨기는 것인지, 그것은 알 수 없었다. 그러나 어느 편이든 간에, 그것은 그녀 자신에게서 멀어지기만 하는 세계일 것이다. 마치 지금 무감각하게 얼어붙은 내가 그러는 것처럼.

―원한다면 학생이 이것을 가져도 좋아요.

경희가 나를 쳐다보면서 말했다.

―네?

나는 좀 놀라서 되물었다.

―남편이 그렇게 말했어요. 학생이 필요하다면 선물해도 좋다고. S는 이미 가지고 있으니.

독학자

    그것은 잘 모르는 사람에게서 받기에는 지나치게 비싼 선물이었다. 그러나 P교수가 나에게 그것을 남겼다는 말에 나는 뛰어오를 듯이 기뻤다. 그는 정녕 내 편지를 읽은 것이다. 그리고 그것에 대해 좋은 인상을 받았음이 틀림없다. 그 편지에서 나를 읽은 것이다. 나를 만난 것이다. 그렇지 않다면 나에게 선물을 남길 이유가 전혀 없지 않은가. 어쩌면 S가 질투할지도 몰랐으나―분명히 그럴 것이다―나는 기쁨을 숨기지 않았다. 지금 나는 그에게서 받은 퍼스널컴퓨터로 글을 쓰고 있다. 비록 그는 이것을 직접 사용하지 못했다고는 하지만 나는 그가 이것을 통해 나와 함께 있음을 의심하지 않는다. 재봉틀같이 철커덕거리는 소리가 나는 전동 타이프라이터나 두루말이 광택지를 끼워놓고 몇 줄밖에 나타나지 않는 화면을 보면서 사용해야 하는 워드프로세서에 비해 이 새로운 물건이 훨씬 더 편리하고 현대적인 차원의 것임에는 틀림없으니 내 기쁨은 그런 실리적인 데서 오는 것이 결코 아니었다. 그가 마지막 순간에 나를 생각한 것이다. 그러나 나는 그날의 일에 대해, 경희를 만나러 간 날의 일에 대해 설명할 것이 아직 더 남아 있다. S는 얼굴이 창백하게 변했으나 재빨리 그 얼굴을 돌리고 나를 도와 컴퓨터 박스를 운반했다. 나는 그의 질투와 놀라움을 일부러 모른 척했다. 우리는 어느새 그늘 하나 없는 아스팔트 길 위에 컴퓨터 박스와 함께 우두커니 서 있게 되었다. 넥타이는 삐뚤어지고 매미가 귀를 찢을 듯 울어댔다. 구두 속에 든 발이 어디로 갈 것인지 방향을 모르고 있었다. 그때 나는 S가 잘난 척하면서 최소한 한마디라도 빈정댈 줄 알았다. '하, 그게 뭔지 알아? 단지 깡통일 뿐이라구. 터무니없이 비싸기만 하고 덩치만 커다래서. 그 속에는 아무것도 없다구, 어차피 이제 곧 알게 되겠지만.' 그러나 그는 아무 말도 하지 않았다. 그가 모자를 벗어 잠시 쉬면서 부채질을 하고 있는 도중에, 그러면서 택시를 잡기 위해서는 어느 쪽 큰길로 나서야 유리한지 궁리하고 있는 틈에, 나는 이대로 갈 수는 없다는 생각이 들었다. P교수는 죽었으나, 나는 불현듯 믿을 수 없게 되었다. 어떻게 인간이 죽을 수 있단 말인가. 단지 늙고 병들었다는 그런 이유로 말이다. 어떻게 그와 같은 인간이 소멸할 수 있단 말인가? 어떤 인간은 추상적인 존재가 아니었던가. 그래야 하는 것이 아니었던가. P교수가 그것을 몰랐을 리가 없다. 그가 죽은 것이 아니고 단지 모습을 감춘 채 살아 있으며, 경희는 그것을 알지만 아무에게도 말하지 않고 있다는 생각이 들었다. 그래서 그녀가 그토록 태연해 보였던 것이다. 나는 책을 통해서 많은 죽음을 읽었다. 그러나 어느 책에서도 그녀가 우리에게 보여준 것과 같은 태도는 읽지 못했다. 그가 죽었다는 것은, 지금 우리 모두의

무감각과 마찬가지로 너무나도 불합리하고 비도덕적인 것이었다. 나는 생각에, 아니 빠르고 전환적인 의식의 번득임에 사로잡혔고, 그것 때문에 육체적인 두통을 느낄 정도였다. 그때 나는 빛처럼 나타났다 동굴로 빠르게 사라지는 많은 것을 보았다. 그러나 그 광경들을 조금도 설명하거나 묘사할 수가 없다. 그것들은 분명 내 눈앞에서 나타난 광경들이었으나 사물의 색이나 형체를 띠고 있지는 않았기 때문이다. 그 광경들 속에서 나는 그를 보았다고 느꼈다. 그리고 그가 나에게 그날 직접 말하지 않았던, 그러나 그러면서도 나에게 말했음이 확실한, 어떤 단어를 분명히 들었다고 느꼈다. 그것은 바로 '열정'이었다.

—잠시만 기다려주겠어? 잊은 것이 있어서.

나는 S에게 총알처럼 말하고 내가 할 수 있는 최대한 빠른 속도로 돌아가 아파트먼트 계단을 오른 다음 벨을 눌렀다. 그리고 밖으로 나온 경희에게, 스스로에게 조금도 주저할 시간을 두지 않고 숨을 헐떡거리며 말했다.

—다시 방문해도 되겠습니까?

그러고 나서 조금 당황해서 설명을 덧붙였다.

—저는, 제가 다시 한번 방문한다고 해도 방해가 되지 않는지 그것을 묻고 싶습니다. 정말로 방해할 생각은 없지만, 교수

님을 만날 수 있는 유일한 공간은 이곳일 테니까요. 이곳밖에는 없으니까요.

경희는 무척 놀란 눈치로, 한동안 말이 없었다. 그래서 나는 너무 갑작스러운 나머지 다시 그녀의 말문이 닫혀버렸다고 생각했다. 그러나 아니었다. 그녀는 아무런 몸짓도 하지 않고 가만히 서 있었다. 그 침묵은 의사를 전달하기 위해 초조해하는 것이 아니라 전달 자체를 거부하는 것처럼 보였다. 나는 몸으로 문을 밀듯이 하며 서 있다가 무례해 보일지도 모른다는 생각이 들어 한 걸음 뒤로 물러났다. 그리고 바로 그 직전에, 경희가 말을 시작하기에 앞서 카디건을 깊이 여미었다. 그런데 그때 무엇인가 카디건 사이에서 화살처럼 휙 풍겨나와 나를 스쳐가는 듯 느껴졌다. 그것은 어떤 냄새였고, 정확히는 나이 든 여인의 냄새였다. 건초더미 아래서 축축하고 따뜻하게 천천히 부패하고 있는 육신과 시간의 냄새였다. 나는 그것을 잘 모르고 있는 편에 속한다. 어머니는 겨우 사십대 중반으로 경희처럼 나이가 많지 않았고, 가족 중에 다른 노인도 없었다. 그럼에도 불구하고 나는 그 냄새를 느끼자마자 단번에 그것이 무엇인지 알아차렸다. 그것에 대해 읽은 것이 기억났기 때문이다. 숨을 몰아쉬면서 나는 한 걸음 크게 뒤로 물러났다. 원래 그러려고 한 것이기는 하지만 어쩐지 반드시 그렇게 해야 할 것만 같은, 그런 강한 지시를 받은 것처럼 생각되었다. 이전에는 그녀에게 그토록 가까이 다가선 적이 한 번도 없었음에도 불구하고 나는 그 냄새가 그녀에게 이전에는 없던, 새롭게 부여된 독특한 개성이라는 것을 알아차렸다. 그녀에게서 다른 향수 냄새는 나지 않았으나 그렇다고 그녀가 특별히 불결하거나 한 것은 아니었다. 그 반대라고 할 수 있었다. 나는 왜 그런지 이유를 알 수 없는 죄의식과 당황함을 느꼈고 고개를 숙였다. 그러면서 동시에 나는 경희에게서 천박한 보통 인간을 대할 때처럼 희미한 혐오와 경멸을 느꼈다. 그 느낌은 단숨에 이곳까지 뛰어올라오게 했던 그 어떤 열정의 예감을 송두리째 날려버렸다. 그리고 불현듯 P교수 또한 기찻길 옆의 떠돌이 결핵환자와 마찬가지로 죽음이 어울리는 사람일지도 모른다는 생각이 들었다. 그리고 왜 내가 너무나 당연한 자연법칙인 그것에 대해 열병 같은 의심을 품었는지, 매우 당황스러운 의혹을 갖게 되었다. 그러나 이 모든 생각들이 너무 짧은 동안, 순식간에, 폭풍우처럼 한꺼번에 휘몰아쳤으므로 나는 터질 듯한 심장을 안은 채 심한 울렁거림을 느꼈고 주저앉고만 싶어졌다.

  —모든 육체를 가진 인간은,

  경희가 마침내 입을 열었다.

  —죽게 되는 것이 당연하고, 죽음은 곧 사라짐이죠.

나는 아직 혼란에서 채 빠져나오기 전이었으므로, 내가 한 질문도 잊은 채 경희가 내 속에서 일어난 일련의 생각들을 사진처럼 분명히 보고 있으며 내 얼굴이 모든 것을 고백하기 때문에 그런 식으로 말한다고 확신하게 되었고, 그래서 다시 한번 죄책감이 들었으며 내가 무슨 일을 저지른 건지 공포에 질렸다. 나는 무엇이 옳은 것인지, 무엇이 사실을 말해주는지 알지 못했을 뿐이지만, 알지 못하다는 것은 그 자체로 나를 불행하고 가난한데다 잘못을 저지르고 달아나야 하는 슬픔의 방랑자나 다름없게 만들었다. 나는 고개를 숙였다. 경희에게 사과하고 싶은 욕구를 억누르기가 힘들었고, 그래야 한다는 생각이 들었다. 그러나 경희가 다른 것에 대해, 즉 내 질문에 대해 설명하려 한다는 것을 잠시 후에 깨달았다.

—내 말은, 이곳이라고 해서 그가 살아 있거나 물건에 그의 흔적이 남아 있다고 생각하는 것은, 그냥 낭만적인 환상이라는 겁니다.

경희는 조용히 말했다. 우리는 두 걸음 이상 떨어진 채 서 있었다. 경희는 혼자 있는 나에게 어쩐지 더욱 친절한 것 같아서, 나는 용기를 내서 계속 말했다.

—하지만 저는, 저는 기회를 얻지 못했습니다. 교수님을 너무 늦게 알게 되었고 게다가 여행을 떠나는 바람에 아무것도

몰랐습니다. 나는 정말로, 정말로 도움이 필요합니다.

말을 마치고 나니, 나는 내가 아주 드물게 진심을, 내 진정을 이야기했다는 사실을 깨달을 수 있었다. 나는 도움이 필요했다. 나는 너무 많은 질문을 가진 채 길을 잃고 있었다.

―그리고 어차피 나 또한 이곳을 곧 떠날 예정이에요. 내 자매들은 이미 모두 한동네로 옮겨가 살고 있어요. 그들이 거기서 나를 기다리고 있습니다. 우리는 함께 인생의 마지막을 보내기로 오래전부터 약속했거든요.

―그러면 이곳은……?

―이곳은 이미 팔렸습니다.

―오, 이런……

긴 탄식이 절로 흘러나왔다.

나는 천천히 계단을 내려갔다. 도중에 두 번이나 멈추어 서서 헉헉 숨을 몰아쉬어야만 했다. 흐느낌이 새어나오지는 않을까 걱정했으나 그런 일은 없었다. 경희는 다른 사람과 함께, 적어도 나와 함께 그의 추억을 나누기는 완강하게 거절한 것이다. 아니 추억 따위는 결코 되새기고 싶지 않음이 역력했다. 잊기를 원하는 것처럼 보이는 그 태도에 나는 더 충격을 받았다. 나는 남녀간의 일이나 부부의 일에 대해 아는 바가 없다. 내가 살아온 시간보다 훨씬 더 많은 시간을 함께 보낸 사람들의 일에 대해서도 알지 못한다. 그런 인생이 어떤 것인지 모른다. 그러므로 나는 경희의 태도를 어떻게 이해해야 할지 알 수 없었다. 가장 보편적인 해석으로는, 경희는 내가 나이 어린 대학생이고 잘 알지 못하는 사람이기 때문에 자신의 사적인 일들에 대해 언급하지 않기로 한 것이다. P교수라면 나를 그렇게 경솔하게 취급하지는 않았을 것이라는 생각이 들어 나는 슬퍼졌다. 그가 나를 읽은 것이 맞다면, 분명히 다르게 행동했을 것이다. 그리고 경희는, 그들이 나를 기다리고 있습니다, 라고 했다. 그 말은 마치 그녀와 그녀의 자매 모두가 그의 죽음을 기다리고 있었다는 말처럼 들렸다. 그러나 만일 그녀가 내 희망대로 그 제의를 기꺼이 받아들여서 마치 처음에 내가 경희에게 그러했던 것처럼 나를 마치 P교수나, 적어도 그를 연상시키는 인물로 인정하고 가까이하기를 원했더라면, 비록 지금은 그것이 얼마나 허무맹랑한 충동이었는지 알게 되었으나, 나는 종국에는 더욱 큰 혼란을 맞았을 것이다.

─뭘 잊었길래 이렇게 오래 걸린 거야?

S는 컴퓨터 박스 위에 걸터앉아 있다가 좀 화를 내면서 물었다. 나는 내 검은 모자를 잊었으나 찾지 못했다고 대답했다.

나는 지금껏 단 한 번도 조국에서 민주주의라고 할 만한 체제를 체험해보지 못한 세대에 속한다. 그 점은 아버지의 경우도 마찬가지라고 하는데, 그가 어느 저녁 뉴스에서 '부정부패를 없애고 민주주의를 실현한다'라는 유행가처럼 상투적인 표현을 접하고는 지나가는 말로, 저 말의 의미를 아는 사람은 그것을 말하는 사람이나 그것을 지금 듣고 있는 사람들 중 아무도 없을 거라고 중얼거리는 것을 들은 적이 있다. 물론 나는 지난해까지는 정치적으로 미성년이었으므로 그런 문제들에 큰 관심이 없었던 것도 사실이다. 그런데 여행에서 돌아온 다음 나는 이제 곧 나 역시 선거에 참여할 수 있을 것이란 말을 들었다. 그것도 대통령 선거에 말이다. 그 때문인지는 몰라도 모든 사람들의 열띤 화제는 단연코 선거와 정치에 관한 것이었다. 그 점에 대해서는, 방학이기도 했으나, 차라리 대학 안이 덜 시끄러운 편이라고 해도 좋았다. 나는 S와 거의 매일 도서관에서 만났다. 우리는 그후로 다시는 P교수나 그의 컴퓨터에 대해 이야기하지 않았다. 그는 러시아어 공부에 집중하고 있는 듯했고 나는 산책하는 기분으로 서가를 다니며 마음에 드는 책을 뽑아들고 읽다가 창밖을 바라보며 시간을 보내고 있었다. 내가 대학 도서관을 산책하는 일도 이 여름이 마지막일 터였다. 대학에서 마음에 드는 장소가 있다면, 그것은 도서관 개가식 열람실이었다. 내가 대학을 떠난 다음 아마도 유일하게 그리워할 장소가 될 것이다. 그러므로 나는 특별한 일이 없어도 이 여름의 마지막을 기념하면서 스스로 만든 휴가를 그곳에서 보내기로 한 것이다. 하루 종일 도서관에서 나오지도 않고 그 안에서 보냈지만 저녁이 될 때까지 읽은 것이라고는 고작 아리스토텔레스의 『자연학』 두서너 페이지뿐이라고 하자 S가 기분좋은 웃음을 터뜨리면서 말했다. '너, 빈둥대고 있군!' 하지만 나는 그가 만족해할 기회를 주지 않고 대꾸했다. 나는 예전에 지구를 둘러싸고 있는 물이니 공기니 불이니 하는 것들을 읽었을 때, 게다가 에테르니 뭐니 하는 다섯번째 원소에 관한 것까지 읽었을 때는 마치 이광수의 『사랑』을 읽었을 때의 느낌처럼 그를 이해할 수 없는 오래된 늙은이로만 생각했지만, 지금은 단지 지구를 둘러싸고 있다는 물이니 불이니 하는 물리적인 이름에만 마음을 빼앗겼던 바로 나 자신이 경솔했다는 점을 분명히 알게 되었다고 말이다. 내가 너무너무 진지한 표정을 지었으므로 이번에 S는 당장 웃음을 터뜨리지는 않았다. 그 대신에 마치 나를 처음 발견한 사람처럼 빤히, 내 얼굴을 뚫어지게 들여다보았다. 나는 내가 서가를 거닐면서 책들을 바라보는 것만으로 느꼈던 행복감에 대해 천천히 말했다. 그것은 일생을 통해 너무나 익숙한 행복감이나 최근 들어 새삼스럽게 나날이 새롭게 발견되어지고 있다. 그렇게 조용히 남아 있는 것들, 삶과 죽음이 중요하지 않은 것들, 격정의 폭풍을 경건함으로 표현하고 있는 것들, 나를 키워온 것들, 내가 열에 들떠 찾아 헤매기도 했으며 그것을 찾아 먼 길을 떠나려고 짐을 싸기도 여러 번이었으나 문득 둘러보면 언제나 그 자리에 있어왔던 것들, 오직 쓰는 자들과 읽는 자들만을 위해서, 언어의 영웅들, 그들의 언어만으로 존재하는 저 엘리시움Elysium의 세상을.

서로에게 말하지는 않았지만 우리가 마치 버림받은 젊은이처럼 보인다는 것을 잘 알고 있었다. 우리는 매일 서로의 풀 죽은 모습을 만날 수 있었다. 특히 S는 눈에 띄게 말이 줄었다. 그러면서 그는 더욱 책벌레가 되었는데, 사람들을 붙잡고 자신이 아는 모든 것을 한꺼번에 털어놓으려는 듯이 쉴새없이 떠들거나 그가 새로이 읽고 있는 안나 아흐마토바의 시들에 대해 거창하게 한마디 하려는 욕구조차 갖지 않은 듯이 보였다. 그는 모든 것을 잊은 듯 오직 책만 보았다. 물론 이제는 도서관 지하 카페테리아에서도 그에게 무심결에 가까이 다가가 어쩔 수 없이 그의 장광설을 받아주게 되는 그런 관대한 학생들은 대학 안에 아무도 남아 있지 않았지만, 심지어 나에게까지 그는 더할 수 없이 과묵해졌다. 이제 도리어 항상 내가 그에게 먼저 말을 거는 꼴이 되어버린 것이다. 어떨 때는 일부러 그에게 아흐마토바의 시들을 들려달라고 간청해보기도 했으나 그는 기분이 내키지 않는다며 거절해버렸다. 그러지 않을 때면, 우리는 둘 다 말이 없었다. 며칠 전에는 그가 혼자 있을 때 『젊은 베르테르의 슬픔』을 읽고 있는 것을 우연히 보았다. 그는 남녀간의 연애사건을 다룬 낭만적인 소설류를 좋아하지 않았다. 좋아하지 않는 정도가 아니라 그런 것은 단지 텔레비전이나 영화가 만들어지기 이전에 대중의 기호에 봉사하기 위해 발달한 것이고 지금은 그 용도가 이미 폐기처분된 것으로, 낮은 곳으로만 팽창하려는 어느 특정 문화의 속성 때문에 파리나 쥐벼룩처럼 괴멸하지 않고 남아 있는 것이라고 혹평을 주저하지 않았는데, 설사 괴테가 쓴 것이라 해도 그랬다. 그런 그가 단지 시간을 죽이기 위해서도 아니면서, 독일어를 공부하기 위해서도 아니면서, 로테를 떠나보낸 이후의 베르테르의 페이지에서 눈을 떼지 못하고 있는 것이다. 우리는 그렇게 이별을 배웠다. 나는 S만큼 담대하지 못하기 때문인지 도서관의 서가에서도 사랑이나 이별의 슬픔에 관해 다룬 책들에는 감히 손을 뻗지 못했다.

S가 연애소설만큼 혐오하는 것으로는 대학 캠퍼스와 그 주변에 구정물처럼 흥건히 괴어 있는 알코올과 알코올중독자들의 문화가 있었다. 나는 그가 행여나 그런 중독자들의 대열에 합류하려는 것이나 아닌지 더럭 겁이 났으나 다행히 그는 자신을 그 정도로 혐오스러운 존재로 만들지는 않았다. 나는 신

체적인 취약함 때문에 일생 맥주나 가벼운 칵테일 이상의 술을 마셔본 적이 없고 와인조차 독주라고 생각하는 편에 속하지만 S는 철두철미한 비종교적 금주주의자—만일 그런 단어가 있다면—라고 할 수 있었다. 그는 어떠한 종류의 술도 입에 대지 않았으며 리큐어가 들어간 초콜릿이나 음식에 들어가는 술도 거부했다. 그가 지난 학기에 최초로 가족과 심각한 갈등을 일으킨 사건도 술이 계기가 된 것이었다. 그가 그의 아버지가 요리한, 와인이 들어간 소스를 뿌린 스테이크를 거부한 것이다. 나아가서는 술이 들어간 모든 요리를 무조건 먹지 않겠다고 말해서 선량한 가족 요리사를 슬프게 만들었다. 그 일의 파장은 생각보다 커져서 그는 집을 나와 생활하는 것을 진지하게 고려하기도 했었다. 그가 이렇게 본격적으로 지독한 알코올혐오자가 된 것은 대학에 들어온 이후의 일이다. 사방이 자기 연민의 찌꺼기로 얼룩진 악취와 구토물 천지였으니, 나는 그를 충분히 이해할 수 있다. 술은 대학에서 공공연히 용인되고, 더할 수 없이 관대하게 받아들여지는 악덕 중의 하나였다. 술을 마시고 괴로워하는 것은, 물론 그가 대학생일 경우에 한해서만, 심하게 비약되어 이루어지지 않는 민주주의에 대한 그리움 때문에 괴로하는 것과 거의 같은 차원으로 간주되는 경우도 자주 있었는데, 고주망태가 된 젊은 예비 알코올중독자들

중에는 금지된 노래들을 고래고래 불러대는 경우가 종종 있었기 때문이다. 그때 아버지는 집에서 민주주의와 술에 대해 아주 재미있는 농담을 덧붙였었다.

─이러다가 행여나 이 나라가 조금이라도 민주화가 된다면, 그건 전적으로 술 때문일 게다.

소련이나 동유럽 탈출자들이 써놓은 수기를 보면, 그들은 어떻게 해서든지 고국의 가엾은 민중이 억압받는 현실을 잊기 위해 밤낮없이 얼마나 술을 퍼마셔대는가, 그 점을 강조하고 싶어하는 것 같았다. 그들의 말에 따르면 알코올로의 회피는 폭압정치하에서 당연하고도 정당한 결과라는 것이다. 그런 선상에 놓고 본다면 지금 이곳에서 벌어지는 대학 내의 경쟁적인 '알코올로 폐인 되기'는 우리 모두에게 불가피한 역사의 상처라고 할 수 있을 것이다. 따지고 보면 지상에 진정 천국이란 없을 테니 이 세상 어느 곳에서라도 머리꼭지까지 취한 채 막상하기 시작한 소시지색 얼굴로 비틀거리며 돌아다녀도 정치적으로나 이념적으로 전혀 근거 없는 행동이라고 비난받을 위험은 없는 셈이다. 대학에서 알코올은 용인될 뿐만 아니라 심지어 장려되는 것처럼 보이기도 했다. 알코올은 젊음이고 사랑이고 열정이고 시적인 센티멘털리즘이고 그리고 나아가서는 혁명의 기운이기도 했으니까. 게다가 주정뱅이들은 모두 예외

없이 강제로 술을 명령하는 기성의 습관을 무비판적으로 받아들이고 있으면서, 그것이 지금 타도와 증오의 대상이 되고 있는 군사독재와 무엇이 다르다는 것인지에 관해서는 적절한 해답을 내놓지 못하고 있었다. 다시 한번 아버지의 말을 인용하자면, 주정뱅이는 어느 사회에나 존재하면서, 어느 사회에서나 위협적인 불만세력이고, 동시에 어느 사회든지 잉태시키는 혁명세력이 되는 것이다. 그러고 나서 세상만사는 다시 영원한 순환으로 돌아가는 것이겠지만. 만취한 상태가 되면 고래고래 소리를 지르거나 제멋대로 굴 수 있는 값진 특권을 부여받은 셈이므로, 젊은 대학생들은 기회와 돈만 있다면, 그리고 가끔은 그럴 만한 기회와 돈이 없어도, 기꺼이 고주망태가 되려고 애썼다. 처음에는 공공연하게 큰 소리로 자신들이 현 정권에 대한 저항정신으로 똘똘 뭉쳐 있는 양심적 지식인 계층임을 적극적으로 홍보하다가, 그들만이 전 곡의 가사를 모두 알고 있는 금지된 노래를 자랑스럽게 부르다가, 얼마 지나지 않아 바로 그 자리에서 역시 공공연하게 큰 소리로 음탕한 이야기들을 지껄여대기 일쑤였다. 그러다가 기회가 있으면 인권이나 사회정의를 한바탕 외친 바로 다음일지라도 매춘부를 사는 것을 결코 마다하지 않았고 그것에 대해 일말의 수치심도 느끼지 않았으며 자신들 행위의 논리적 결함을 잘 깨닫지 못하는 것처럼 보였다. 그들은 사실 아무것도 아닌 경우가 대부분이었고, 그들의 정체성을 냉정하게 파악하자면, 알코올과 그 밖의 것에 굶주려 있는 대학 내의 잡동사니로, 그리고 앞으로는 사회에 나가 탄탄한 소시민 계층을 이루고 사회의 납세 구성원을 늘려가는 데 기여할 무수한 격자무늬의 일부들에 불과했다. 그러므로 그들이 아무리 커다란 소리로 자기들을 과대선전하고 다니더라도, 개개인의 본질만을 놓고 보자면 그들은 이 정권뿐 아니라 그 어떤 정권에도 직접적인 위협을 줄 하등의 의지도 능력도 없는 무리였다. 그렇다고는 해도 그들이 역사의 발전에 하등의 관련도 갖지 않는다고 할 수는 없는 것이, 진정 그런 의지와 능력이 있는 사람들이 그들을 만나기 때문이었다. 주정뱅이들은 알지 못하는 방법으로, 주정뱅이들은 기억하지 못하는 방법으로 말이다. 그리하여 주정뱅이들은 팸플릿 앵무새가 되고, 단지 스무 개의 단어만 가지고도 스무 시간에 걸친 토론에서 너끈히 승리를 거두어내며, 술기운이 가시지 않은 상태에서 참가한 모든 전투마다 영광스럽게도 매번 희생을 두려워하지 않는 혁명의 돌격대가 되었다. 대학은 그런 주정뱅이 돌격대로 가득 차 있었으며 그 세력은 나날이 커지고 있었다. 즉 '술에 취했다'는 것은 그것이 밤이든 낮이든, 여관에서든 강의실에서든 비난의 이유가 되지 않는 셈이었다. 비난은커녕 은연중에 후원되는 것 같기도 했는데, 술기운이 그들 젊은 돌격대들을 더욱 '열정'적으로 만들기도 했기 때문이다. 나는 아버지의 예언이 상당부분 맞아떨어졌다고 생각한다. 어쨌든 역겨운 독재자가 양보를 했다. 그것이 단지 당연히 역사는 그러한 방향으로 나가야 한다는 순수한 이성의 목소리에 모든 사람이 내면으로부터 호응하여 일어난 움직임이었다면 얼마나 좋았을까.

나는 수많은 인간의 번들거리는 눈동자를 보았다. 영화 〈플래툰〉과 같은 베트남의 전쟁터에서가 아니라, 인민재판이 열리는 적화된 마을의 공회당 앞이 아니라, 마약중독자를 수용하는 정신병원이 아니라, 바로 신촌의 대학가에서였다. 용감한 학생들은 시위대의 가장 선두에 서 있었다. 최루탄이 터지고 돌과 화염병이 날아다녀 거리는 아수라장이었다. 신체의 위협을 느끼는 수준은 전쟁터와 크게 다르지 않아 보였다. 끝내 경찰에게 잡히고 만 학생들은 비명을 지르거나 악을 쓰면서 무자비하게 두들겨맞으며 끌려갔다. 그것을 따라 인간들의 눈동자가 사방에서 번들거렸다. 학생들의 것도, 경찰들의 것도 아니었다. 구경꾼들의 것이었다. 폭력이 제공하는 쾌락은 당사자들만 누리는 것이 아니었다. 경찰이 학내에 진입하여 학생들을 때려잡기 시작하자 겹겹이 둘러싼 인파들 사이에서 일어나는 흥분 섞인 동요에 공기가 부르르 떨리는 것이 곧장 피부로 느껴질 정도였다. 그것은 적대감도 분노도 동정도 호응도, 그 무엇도 아니었다. 그건 오직 굶주린 인간들이 말없이 발산하는 하염없는 원시적 욕구의 냄새였다. 폭력적인 즐거움에 평생 굶주린 인간들의 기대감이 거친 숨소리와 함께 모든 군중을 비밀스러운 동맹의 동지로 만들었다. 더 많은 광경을 자세히 보기 위해 앞사람의 어깨 너머로 목을 내밀고, 담벼락이나 쓰레기통 위로 기어올라갔으며, 음식점 배달부는 그릇을 팽개친 채 넋을 잃었고, 철없는 고등학생들은 즐거워 히죽거리는 웃음을 거두지 못했고, 체면 때문에 짐짓 심각한 표정을 짓기는 했으나 조금이라도 리얼한 광경을 포착하기 위한 욕구를 숨기지 못하는 이들이 대다수였으며, 무섭다고 수군거리는 이들도 말과는 다르게 구경을 놓치려고 하지 않았다. 저 안에서는 언제 어디서든지 적과 마주쳐 한판 붙어보고 싶어하는, 거칠고 공격적인 행위와 그것에 정당성을 부여해줄 거대한 명분에 마냥 허기진 젊은이들이 원시적인 분노와 공포, 맹목적인 적의로 악을 쓰고 있었고 밖에서는 또 다른 그들이 눈빛을 번들거리고 있었다. 대학생인가 대학생이 아닌가 하는 차이가 그들을 단지 이곳과 저곳으로 분리시키고 있을 뿐이었다. 사상이나 이념은 적어도 바로 그 구경거리를 시선에 움켜쥐는 전율의 순간 앞에서는 아무것도 아니었다. 여행에서 돌아온 후 들은 바에 의하면, 그런 그들이 어느 날 갑자기 휙 돌변하여, 민주주의를 위해서는 일반 대중이 나서야만 한다는 사실을 깨닫고 그것을 실천하게 되었으며, 아울러 구경만 하는 것보다 실제로 참가하는 편이 훨씬 더 즐겁다는 것도 역시 깨닫게 되어 거리가 온통 그들의 물결로 덮였다는 식이었다. 우연한 사건이 진화의 계기가 되고 오직 탐욕과 악의에 가득 찬 전쟁의 덕분으로 문화와 시대의 위대한 페이지가 넘어가게 되는 것처럼, 인간의 이성이란 모든 사건이 진행된 다음에 그 역사를 기록하는 데나, 마치 자신이 스스로 해낸 것처럼 뽐내면서, 쓰일 뿐이라고 결론짓는다면 나는 편협한 회의주의자인가. 아무려나 나는 역사적 진보란 주정뱅이가 집어던진 증오의 돌멩이라는 식의 아버지처럼 극단적이지는 않았으나, 어쩔 수 없이 마음 한구석에 단단한 회의를 간직하게 되었다.

물론 정치적 진보가 모두 대학생들의 정치운동에 의해서만 이루어지는 것은 아닐 것이다. 그러나 대학 내의 정치운동에는 기존의 정치가들의 세계와 구별되는 특징이 있는데, 조직적인 운동을 펼칠 수 있는 수뇌부가 가지고 있는 좌파적 성향과 대부분의 중산층 출신이나 혹은 오직 중산층 지향적일 뿐인 다수의 대학생들이 가지고 있는 사상 사이의 간극이 그것이다. 나는 그것을 여행에서 돌아온 직후에 만난 학과 대표에게서 확인할 수 있었다. 그녀는 내가 돌아온 것을 알고 도서관으로 나를 만나러 왔다. 용건은 대학에서 해마다 치르는 행사인 해외교환학생 프로그램에서 한국인 가정 홈스테이를 제공하는 역할을 부탁하려는 것이었다. 그것을 이미 승낙했던 한 학생에게 불가피한 집안 사정이 생겨서 어쩔 수 없이 취소하게 되었는데 이제는 시일도 너무 촉박하고 마땅한 신청자를 찾기가 어려우니 가능하다면 좀 협조해주었으면 한다는 것이다. 내가 다음 학기 등록을 하지 않을 것이므로 그런 일은 곤란하다고 하자, 그녀는 휴학생의 신분이라도 상관없다고 했다. 나는 대학을 완전히 떠날 계획을 가지고 있음을 그때까지 아무에게도 설명하지 않았다. S조차도 모르고 있었다. 그는 내가 불만에 가득 차 있는 것은 알지만, 다른 사람들이 모두 생각하는 것처럼, 한 학기쯤 방황한 다음 다시 돌아올 것으로, 혹은 가능하다면 다른 대학으로 전공을 바꿔서 다시 입학할 것으로, 그렇게 확신하고 있었다. 홈스테이를 제공하는 학생은 삼 주 동안이나 외국에서 온 학생과 함께 살아야 했다. 표면적으로는 자연스러운 한국인 가정의 모습을 보여준다는 것이었으나 실제로는 자격조건도 까다로웠는데, 부모가 모두 생존하고 함께 동거해야 하고 성적도 일정 학점 이상이 되어야 하고 집 안의 구조나 화장실 구조도 이러이러해야 한다는, 하여간 경제적 정서적으로 문제가 없는 가정이라는 것을 증명할 수 있어야 했다. 나는 고등학교 때도 재일교포 학생의 홈스테이를 반강제로 떠맡은 적이 있는데, 학교 측에서 보기에 우리 집은 문제가 없어 보였으나 한국으로 오는 홈스테이 지원자의 상태는 아무도 검열하지 않는 모양으로, 나는 마음에 들지 않는 룸메이트와 열흘 동안이나 함께 지내야 했다. 게다가 공항에서 픽업까지 해야 했고 이런저런 신경쓰이는 것이 많았으므로 다시는 그런 일을 하지 않으리라 마음먹은 바 있었다. 그런 일을 기꺼워하며 신청하는 사람들도 있다는 것은 알지만 나는 아니었고 내 부모님도 아닐 것이 분명했다. 결국 거절하기는 했으나 나는 그녀와 함께 커피를 마시게 되었고 그녀는 원래 명랑한 성격이기도 했지만 어딘지 약간 들떠 있는 것 같았는데 나중에 그 이유가 바로 나 때문이란 것을 알았다. 정확히 말하자면 학교 전체가 데모와 저항의 물결에 휩쓸렸던 그 당시에 내가 학교에 없었다는 점 때문이었다. 나는 대학에 시험 거부의 소용돌이가 몰아치기 시작했을 때 시험이나 학점을 기꺼이 포기하고 여행을 떠났었다. 이미 대학을 떠나려는 결심이 구체적으로 서 있었던데다가 계획해놓은 여행을 포기하고 불확실한 시험 날짜를 마냥 기다리기 싫었기 때문이다. 그러므로 그녀는 그날의 흥분과 감격에 대해 세세히 설명해줄 수 있는 적당한 상대를 만났다는 사실에 기쁨을 감추지 못했다.

―잘된 일이잖아. 그렇지 않아?

그녀는 아직도 그 뜨거운 기억에서 완전히 벗어나지 않은 말투로 시작했다.

―우리는 결국 시험을 치르지 않아도 되었고 우리 대학생들의 힘으로 이제 한국의 민주화도 이루어졌으니. 안 그래? 교수님들도 그러셨는데 학생들이 그렇게 결집된 모습을 보여준 적은 학교 역사상 처음이었다는 거야. 이제는 우리가 힘을 합하기만 하면 무슨 일이든지 이룰 수 있음이 증명된 셈이잖아. 안 그래? 우리는 사실 그때 정말 자랑스러웠어. 그날 난 말이야, 다른 여자애들과 시청 앞에 구경하러 나갔어. 플라자호텔 로비에서 밤을 새운 시위대들을 보았는데 후줄근하게 차려입은 시위대들과 호텔 로비라니, 그 극명한 대비는 정말 인상적이었어. 게다가 소문이 돌기를, 원피스를 예쁘게 차려입은 여자애가 전단을 치마 속에 숨겨서 운반한 덕분에 경찰에게 들키지 않을 수 있었다는 거야. 게다가 그것을 모든 군중이 보는 앞에서 꺼냈다지 뭐야. 그 말을 듣고 남자애들이 얼마나 흥분하던지. 아, 정말 남자들이란, 이러나저러나 세상이 변해도 속물이야. 그렇지 않아? 하여튼 우리는 전경들을 피해서 근처

건물의 옥상까지 올라갔다가 거기까지 쫓아온 전경들을 코앞에서……

그날의 시험 거부 사태가 있기 전까지 그녀는 지극히 평범한 학생이었다. 물론 지금도 그렇다. 내 말은, 단도직입적으로, 그녀는 사회주의자가 아니라는 뜻이다. 그런 비슷한 것도 아니며 앞으로도 그런 것이 되기를 원하지 않으며 그런 나라에서 살고 싶어하지도 않는다는 뜻이다. 아마 그게 무엇인지도 잘 모르고 있을 것이다. 결론부터 말하자면 그녀는 이제 다 되었다고 심플하게 생각하는 것이다. 나는 아니라고 말하며, 물론 사회주의자들도 속으로는 어림없다고 할 테지, 그러면 그녀는 한국의 민주화가 사회주의자들과 도대체 무슨 상관이냐고 엉뚱한 소리를 할지도 모르겠다. 이것은 '우리' 학생들이 순교자로서 선구적인 역할을 했고, 그리고 '우리' 학생들이 모두 시험을 거부해가면서 이룬 것인데 말이다.

인간이 사상을 가지는 것은 당연한 일이며, 설사 그 사상이라는 것이 바람직한 발전을 위해 효율적인 것이 아니며 지금 수많은 의심 속에 있다고는 하지만, 나는 사상을 가진 인간을 그렇지 않은 인간보다는 존경하는 편이다. 그 이유는 내가 종교적 불가지론자를 오직 교활하다고 생각하는 근거와 비슷하며, 따라서 내 회의는 사회주의 자체와는 아무런 관련이 없다.

혁명적 사회주의자들은 지금부터가 시작이라고 하겠지만 나는 어쩐지 지금부터 본격적으로 비판적인 생각이 드는 것이다. 어느 누구도 정치적 진보에 투입되는 열정에 비해 사회 자체의 진보에 대해서는 놀랄 만큼 관심이 없었으며, 혹은 정치적 진보가 그대로 사회의 진보라고 믿고 있는 것처럼 보이기도 했다. 어느 누구를 탄핵해야 하는 부담도 없고 이익을 나누어 가지기 위해 머리 터지게 싸워야 하는 것도 아니고 당장 오늘 저녁 내 밥상이 줄어드는 것도 아니건만, 혹은 오히려 바로 그러한 이유 때문인지는 모르겠으나, 아무도 진보된 정치에 어울릴 만한, 그것을 포용할 만한 혹은 그것에 포용될 만한 진보된 사회에 대해서는 관심을 전혀 기울이지 않는 것이다. 전반적으로 진보된 개인과 문화를 위해, 그들을 위한 사회를 만들기 위해 진보된 정치가 필요한 것이 아니었던가? 그러나 지금은 모두 정반대인 것처럼 보인다. 정치적인 자유 이외의 모든 지적인 자유, 정치적인 의미 이외의 사상의 자유, 예술의 자유 그리고 가장 잔인하고 억압적인 관습으로부터의 자유, 해머처럼 가차없이 머리 위로 떨어지는 다수의 결정으로부터의 자유, 군중으로부터의 자유, 잔인한 본성으로부터의 자유, 무기와 육식으로부터의 자유, 폐쇄적인 성 정체성과 전통적 가족으로부터의 자유. 그런 것들을 원하는 목소리는 어디에서도 들려오지 않았다. 대학 캠퍼스를 뒤덮고 있는 민중예술이라고 하는 것의 그 의도적으로 과장된 투박하고 획일된 성격이 내게는 바로 지금 모두가 말하는 정치적인 민주화, 그 자체의 형상인 것처럼 보였다. 모든 국민이 똑같이 유니폼을 입고 체육대회라도 참석한 듯이 일사불란한 움직임을 가지고 있었는데, 아무도 보지 못하는 저 정점에서 누군가 가리키는 손짓에 따라 모처럼 허락된 광기를 마음껏 발산하듯이 말이다. 그 모습은 분명히 결과적으로 자유와 민주화를 향해 가는 것임은 맞겠으나, 내게는 바로 그렇기 때문에 어딘지 더욱더 소름끼치는 것이었다. 마치 언젠가 필름에서 본 것처럼, 너희는 전면적인 전쟁을 원하는가? 그렇다! 만일 필요하다면 우리가 지금 생각하는 것보다 훨씬 더 전면적이고 그리고 치열한 그런 전쟁이라도 원하는가? 그렇다! 마치 이러한 광적인 군중집회와 흡사해 보이는데, 이 글을 쓰는 지금도 나는 그런 내 생각에 스스로 놀라게 된다. 이렇게 그런 야만적이고 천박한 광기가, 단지 소위 지도부에 의해 잘 조직되었다는 이유만으로, 이성의 목소리가 요구하는 진보를 이루는 도구가 될 수 있단 말인가. 마치 단지 시험을 치르지 않아도 진급할 수 있기 때문에 그날 역사적인 시위대의 행렬에 기꺼이 참가했던 다수의 학생들처럼 말이다. 인간은 그들이 오랜 시간 독재와 전체주의에 기꺼이 봉사해온 것과 하등 차이

없는 그러한 근거와 방법으로 진보에 역시 공헌하고 있는 셈이다. 나는 끊임없이 내 안에서 솟아오르는 질문을 피할 수 없었다. 그렇다면 과연 역사나 진보란 실제로 존재하는 것의 이름인가, 프롤레타리아나 민중이나 시민계급은 어떤 목적을 위해 고안된 유령에 불과할지 모른다는 내 의심은 과연 옳은가, 한 인간의 지성은 고립된 개인의 내면세계에서 조금이라도 외부로 작용할 수 있는 것인가, 그리하여 각 개인들의 선한 의지가 과연 정치라는 집단작용에서 조금이라도 구현될 수 있을 것인가. 그리하여 만일 역사가 진보했다면, 그것이 맞다면, 새로운 시민들이 탄생했고 존재한다면, 그들은 과연 힘을 얻었는가, 억압받던 계층은 해방되었는가. 역사란 하나의 전체 구조에서 다른 이름을 가진 또 하나의 전체 구조의 이동이 아닌가. 그들이 혁명의 이름으로 세례를 받았다 해도, 그 어떤 권력 앞에서도 개인은 여전히 무력하고 고독할 것이며 어쩌면, 앞으로는, 설사 다가올 선거에서 승리한다고 해도, 이제 정녕 거대한 폭력이 아주 다른 방향에서 새로운 모습으로 찾아올지도 모른다. 그리고 그것은 오직 각 개인이 내면에서 외롭게 홀로 견뎌야만 하는 폭력이 될 것이다.

지금 나는 스무 살에서 한 달을 채 넘기지 않았으나 내 나이가 마음에 들지 않는다. 그것은 읽을 수는 있으나 쓸 수는 없는 나이라고 생각하기 때문이다. 적어도 내가 원하는 식으로는 말이다. 그러자 욕망이 말 그대로 몸 안에 쌓이기 시작했다. 내 안에서 나를 가득 채우고만 있던 것이 밖으로 분출하려 하고 있었으나 나는 그것을 결코 허락할 수 없었다. 예술의 이름을 뒤집어쓴 온갖 끔찍한 결과물은 내게는 타락하고 저속한 취미만큼이나 참을 수 없는 것인데, 나 자신이 그런 것을 탄생시키고 싶지는 않았다. 나는 아직 나 자신의 언어를 가지지 못했다. 그렇기 때문에 더욱 언제나 사람을 직접 만나게 되면 심하게 언어 문제를 겪게 되고 더듬거리거나 혀의 통증을 느끼며 내 입술에서 나오는 언어가 타인의 것을 빌려 말해지고 있는 듯 불편함과 불쾌감과 부적절함을 느끼는 것일지도 모른다. '글을 쓸 때 나는 결코 단어를 찾아 헤매지 않는다……' 하고 어느 잡지에서 페터 한트케는 말했다. 산책을 하는 중에 단어가 그를 찾아오고 그는 단지 그것을 인지하고 손을 내밀어 그것을 종이에 적기만 하면 된다는 것이다. 나는 내가 그런 식의 천재가 아님을 무엇보다 잘 알고 있다. 얼마 전부터 나는 내가 태어나고 자란 이 대도시를 떠나 새로운 장소에서 삶을 완전히 다시 시작하는 것을 꿈꾸게 되었다. 나는 마음속에 그 새로운 도시를 그리고 또 그렸다. 나는 현대적인 교통수단이 없는 도시를 꿈꾼다…… 거의 어느 곳이든 걸어가야 하므로 대도시임에도 불구하고 그곳에서 사람들은 서로 너무나 멀리 있게 된다. 상상력과 영감이 마음속에서 이글거리며 불타오른다. 나는 책을 펼쳐든다. 그곳에서 사람들은 밤에 책을 읽는다. 오락거리가 없으며 대중적인 문화도 존재하지 않는다. 그들은 동물을 죽이지 않고 과일과 야채를 주로 먹으며 강물 위로는 기다란 모양을 한 배가 소리도 없이 미끄러진다. 책을 많이 읽을 수 있도록 그곳의 밤은 길고도 길며, 달빛이 사람들의 고요한 이마로 찾아든다. 사람들의 대화는 마치 라틴어 기도문과 같이 엄숙한 문법을 준수한다. 모든 사람은 오직 생계를 위하여 필요한 만큼만 일하며 필요한 것보다 많이 가지려 하는 사람도 없고 그럴 수도 없다. 화려한 옷이나 번쩍이는 물건은 어디에도 보이지 않는다. 종교와 신성을 존중하기는 하나, 누구도 신자가 되지는 않는다. 문학과 예술을 너무나 사랑하나 누구도 그것으로 이름을 얻기를 욕망하지 않는다. 그러다가 지루한 삶에 지친 남자들과 여자들은 함께 강물 위의 배를 타고 떠나고 말수가 없는 새로운 사람들이 이주해온다. 도시는 전체가 그대로 내가 전 일생 동안 먼 바닷가 깊은 동굴에서 바라보고만 있었던, 억지로 강요하지 않으면서도 영혼을 깊숙이 빨아들이는 백색의 대학과 같다. 나는 그곳에서 새로운 이름을 받는다. 그

독학자

이름은 책 속에서 나를 향해 스스로 걸어나왔다. 그 책은 내 상상과 사유의 결과물이며 나를 영원한 그 도시의 시민으로 기록한다. 나는 배에서 내려 안개 속에서 희미한 빛의 섬으로 떠 있는 도시의 광장을 향해 똑바로 걸어간다. 나는 후회하지 않고 뒤돌아보지도 않는다. 그리하여 내가 떠나온 세계의 사람들은 아무도 나를 다시 볼 수 없으리라.

나는 학교에서 지시받은 경우를 제외하고는 한 번도 일기를 써본 적이 없으나 스무 살을 넘기면서 어떤 의무감처럼 본격적으로 사색의 일지를 남겨야겠다는 생각이 들기 시작했다. 그것은 나만을 위한 유일한 필사본이 되어줄 것이기 때문이다. 그렇듯 나는 책, 오직 책에 굶주리고 있었다. 치졸하고 서툴며 게다가 무성의하기까지 한 번역에 의존하지 않고, 그리고 권위적인 구세대에 의해 칼자루를 잡힌 폐쇄적인 문화정책이나 이데올로기적인 흑백논리의 지배를 벗어나 내가 원하는 책을 마음껏 읽기 위해서는 최소한 두 가지 이상의 외국어를 자유로이 읽을 수 있어야 할 것이다. 읽고 사유할 수 없다면, 설사 내게 날개가 있다고 한들 그것이 나를 위해 무엇을 할 수 있겠는가. 내가 이 세상의 모든 하늘을 날아다닌다고 해도 나는 말 그대로 단지 날개 달린 짐승에 지나지 않을 것이다. 지식은 곧 자유였다. 김영주 선생님도 내게 종종 그런 말을 했었다. 대학에 들어가게 되면 네가 사유한 것들에 대해 기록을 남겨라. 그것이 나중에 너 스스로 너 자신을 객관화할 수 있는 유일한 도구가 되어줄 것이다. 내가 P교수에게 썼던 편지는 그 행위의 시작이었다. 그리고 나는 다른 것들과 마찬가지로 내 벗, 불운한 지상의 대학에서 만난 친구 S에 대해서도 많이 생각한다. 최근 들어 그는 더더욱 내 마음의 많은 부분을, 거의 전부라고 해도 좋을 정도로 차지하게 되었다. 괴로운 가운데 말하자면, 짐작대로 그는 로테를 가지고 있었다. 그의 일에 대해, 나는 이 기록에서 그녀가 누구인지 자세히 말하지 못한다. 그리고 그녀가 누구인가 하는 문제는 내 일지를 위해서는 중요한 것이 아니기도 하다. 어쩌면 미리 짐작할 수 있는 일이기는 했으나, 그것이 자신을 드러낼 수 있는 최소한의 시간 만에, 즉 너무나 빨리 다가왔기 때문에 나는 충격을 받았다. 그의 지속적이고 확고한 변화, 어딘지 모르게 신중해지고 타인의 시선을 남몰래 신경쓰는 듯한 거동에서, 그리고 홀로 생각에 잠겨 있으면서 예전과는 다르게 그것이 무엇인지 나에게 설명하지 않는다는 점에서, 나는 시간이 흐른 다음 그 의미를 깨달을 수 있었다. 처음에는 모든 것이 P교수의 죽음 때문이라고 생각했으나 그게 아니었다. 우리는 서로의 일상에 대해 손바닥처럼 잘 알고 있었기 때문에 그는 끝까지 나에게 숨길 수가 없었다. 내 생각에 그는

독학자

사랑에 빠지기에는 아직 준비가 되어 있지 않았고 또 아직 너무 어린 나이였다. 막 사춘기에 접어들 무렵 나는 아버지에게서 남자는 서른 살이 넘어야 간신히 여자를 이성으로 대할 수 있을 만큼 성숙해지는 것이라는 충고를 들은 적이 있었다. 나는 지진이 일어난 땅 위에 선 것처럼 흔들렸다. 남녀간의 연애 감정에 대해서는, 비록 책으로는 충분히 읽었으나 그것은 내가 실제로는 전혀 모르는 세계였다. 그것만큼 내가 모르는 세계가 또다시 존재할 것 같지 않았다. 내가 모르는 세상으로 S는 홀로 들어가고 있었다. 만일 그와 그의 로테가 세속적인 연애관계로 이미 진입한 상태라면 나는 출구 없는 절망과 질투를 느꼈을지도 모른다. 그러나 로테는, 그에게는 유감스러운 일이고 나에게는 다행스러운 일이지만 자신을 향한 S의 사랑을 모르고 있었다. S는 그녀에게 말하지 않았고 행동으로 어떤 눈치도 보이지 않았다고 나에게 말했다. 그렇다면 앞으로 어떻게 할 것이냐는 질문에 그는 아무것도, 라고 짧게 대답했다. 그는 어떤 여자도 자신을 좋아하지 않을 것이며, 심지어 여자의 사랑을 받는다는 것은 그에게 분에 넘치는 사치라는 점을 잘 알고 있다고 했다. 왜냐하면 그는 여자들이 보기에 너무나 아름답지 않기 때문이다. 그가 자신을 사랑하고 있다는 것을 알게 되면 그녀는 놀라고 당황할 것이고 불쾌해할지도 모르며 혹시

나 쓸데없는 추문이나 생기지 않을까 걱정이 되어 그를 지금보다 더욱더 멀리할 것이라고 했다. 그녀는 그럴 만한 예민한 여자야, 하고 그는 덧붙였다. 화단에는 커다란 흰 꽃 식물이 화분 안에서 활짝 피어 있었는데, 내가 알지 못하는 진귀한 난초 종류 같았다. 그의 말을 들은 내가 갑자기 그쪽으로 눈길을 돌렸을 때 섬광이 터지듯 그 흰빛이 내 눈에 불꽃으로 들어왔다. 나는 내가 쓰러지고 있다고 생각했으나 그렇지는 않았다. 나는 한동안 뜨거워진 눈을 감았다.

 그와 내가 함께 있으면, 체형의 불균형 때문에—그는 살이 쪘고 덩치가 큰데 나는 왜소하고 키가 작았으므로—사람들의 시선을 끄는 경우가 많았다. 특히 이번 여름 그가 검은 정장을 입고 다니면서부터는 더욱 그랬다. 대개는 이런 경우 친구가 되기 힘들다. 그는 필요 이상으로 마치 자신이 부담스러운 체구의 거인이나 된 듯이 느끼게 되고 나는 사실보다 더 볼품없는 난쟁이처럼 스스로를 느끼게 되기 때문이다. 그러나 함께 있지 않고 각자 떼어놓고 보더라도 우리는 둘 다 외형적으로 그다지 매력적인 편이 못 되었고 대화나 관심사에서도 여자들의 흥미를 끌 만한 그 어떤 요소도 갖고 있지 않았다. 더구나 늘 외톨이로 지내오고 있었기 때문에 무리 짓기를 좋아하는 여학생들은 우리에게 가까이 다가오지 않았으며 우연히 마

독학자

주쳐도 인사조차 하지 않는 경우가 많았다. 그와 나 사이에는 여자들에 관한 무언의 묘한 연대가 형성되어 있었는데, 그녀들 쪽으로는 어쨌든 시선을 돌리지 않는다는 것이 그것이었다. 물론 그렇게 생각하게 된 시초에는 어떤 여학생도 우리에게 먼저 말을 걸어오지 않았다는 현실적인 이유도 작용하고 있었다. 그러나 비록 그것에 대해 우리가 터놓고 대화를 나누어본 적은 없으나, 연애나 사랑의 문제에 있어서 우리는 둘 다 심각한 독서가로서 그래야 하는 만큼 충분히 혹은 그 이상으로, 또래들의 보편적인 문화보다 훨씬 더 진지하고 사려 깊으며 분석적이 되려고 의도했던 것도 사실이었다.

어느 한여름 밤, 그 길고 길었던 토론에서 우리는 모두 선택받은 사랑은 관념의 일종이며 자신과 주변을 파악하고 해석하는 인식의 어느 중요한 한 단계—그러나 그 자체가 목적이라고는 말할 수 없는—라는 결론에 도달했다. 교양은 아무나 처음 손을 내미는 사람의 차지가 되는 것이 아니고 모든 지식은 갈등을 통해서만이 얻어진다고 파스테르나크는 그의 책에 썼다. 사랑 또한 인간이 정신의 훈육을 통해 얻게 되는 아름다운 상태인 교양이나 지식과 크게 다르지 않을 것이라고 나는 생각한다. 대개의 갑작스럽고 충동적인 감정은 오직 육욕일 터이니, 그것은 감히 영혼을 가진 어느 한 대상의 면전에 들이밀기에는 모욕적이고 경솔한 행동일 것이다. 특히 그 대상이 자신의 마음을 이미 차지한 키르케고르의 레기네일 경우라면 말이다.

그러나 나는 스무 살 젊은이고 젊은이의 심장을 가지고 있으므로, 그런 경솔하고도 즉흥적인 감정의 불꽃이 또 한편으로는 얼마나 매혹적으로 혀와 허리에 달라붙으며, 그 빛깔과 맛이 얼마나 현란하며 달콤한지 상상할 수는 있다. 그런 감정의 유혹에 대해 그토록 많은 시인들이 노래하지 않았던가. 그러나 문제는, 현실에서 마주치는 사람들의 모습이 외면이나 내면이나 할 것 없이 모두 책 속과는 매우 다른 것이 보통이고 어떤 경우는 그 차이가 치명적일 정도로 커진다는 점이었다. 그러므로 나는 길을 걷다가 우연히 마주친 아리따운 소녀에게 불현듯 마음을 빼앗기게 되는 따위의 감미로운 전율의 경험은 전 생애 동안 가져보지 못할지도 모른다고 미리 생각하고 있었다. 그리고 S 역시 그렇게 생각하리라 짐작했던 것이다. 비록 S가 그녀에게 더 가까이 다가갈 마음이 없다고 잘라서 말하기는 했으나, 행여나 그녀가 근처에 모습을 나타내기라도 하면 나는 그들에게서 시선을 뗄 수가 없었다. 고독을 조금도 두려워하지 않으며 평생 홀로 지내기로 결정함에 있어서 한 치의 망설임도 없던 S가 어느 여인에게 마음을 빼앗겼다는 것은, 내게는 지금까지 평범한 모습으로만 알려진 그 여인이 비밀의 힘을 휘두르고 광폭한 마력을 발휘하여 잔인함으로 남자들의 시선을 정복해버리는 가죽 채찍을 든 사나운 마돈나처럼 보이게 만들었다. S의 열향이 나에게도 영향을 미쳐, 그녀는 마침내 개인이라는 특별한 존재, 주의를 기울여야 할 영혼을 소유한 한 이름으로 새롭게 선포되었다. 간접적으로 나는 깨달았다. 인간이 초라한 익명을 견뎌내야 할 훌륭한 이유로서의 사랑을, 그리고 그 익명의 어둠을 초월할 수 있는 어쩌면 유일한 것으로서의 사랑을. 내가 그런 느낌을 알게 되는 과정은 그러나 참으로 가혹한 것이었으니, 나는 S가 그녀에게 보내는 은밀하고 애타는 시선의 유일한 증인이 되어주어야 했던 것이다.

  S는 전에 없이 집안에 대한 불평을 늘어놓기 시작했다. 원래 그의 아버지나 가족들의 지나치게 세속적인 미식 취미를 싫어하기는 했으나, 요리용 와인 문제 말고도 그는 미술대학을 지망하고 있는 바로 아래 여동생이 집 안 거실 한구석에 작업실을 만들자—그의 집에는 형제들이 많아서 더이상의 빈방이 없었다—다시 한번 집을 나가 따로 살고 싶다는 의사를 표명했다. 그가 집을 나가면 그 방을 여동생이 작업실로 만들어 집 안에서도 그림을 그릴 수 있다는 것이 이유였다. 그는 집 안 어디에서나 항시 누군가 눈에 띄어 그를 결코 혼자로 만들어주지

않는 가족들의 모습이—그들을 사랑하지 않는 것은 아니나, 하고 그는 주석을 달았다—종종 참을 수 없다고 했다. 그러나 집을 나가서 살고 싶다는 그의 뜻은 받아들여지지 않았다. 그의 부모의 생각도 나와 마찬가지로 그가 아직 혼자 살기에는 너무 어리다는 것이었고, 게다가 그는 경제적으로 자립할 수 없는 상태이기도 했던 것이다. 그가 홀로 있고 싶어한다는 것, 가족들을 사랑함에도 불구하고, 혼자만의 공간에서 스스로 고독에 빠져들고 싶어한다는 것은 나에게 당혹스러운 슬픔과 질투를 동시에 불러일으켰다. 어째서 나는 그가 나 이외의 다른 친구를, 그것이 남자든 여자든 간에 필요로 할지도 모른다는 점을 전혀 상상해보지 못한 것일까. 나는 무의식중에 그가 언제까지나 외톨이로 남아 있기를 원하고 있었으며 그러리라는 것을 조금도 의심하지 않았던 것이다. 그의 마음속에서 일어나는 수상한 변화는 또한 그때까지는 계속 우려하고만 있던 어떤 점이 제법 진한 먹구름으로 나에게 몰려오게 만들기도 했다. 어쩌면 S는, 대개의 경우 일어나기 쉬운 일로, 위험천만하게도 성욕을 사랑이라고 혼동하고 있을지도 모르는 일이었다. 나는 그 함정이야말로 제아무리 제대로 교육받은 현명한 젊은이라도 피해가기 힘들다는 말도 들은 것 같았다. 그 생각은 상상만으로도 나에게 견디기 힘든 구토감을 불러일으켰다. 혹시 그는 그의 로테에게 비록 상상 속에서일지라도 육체적으로 흡인되고 있는 것은 아닌가, 그의 사랑이라는 것이 그가 머릿속에서 만들어낸 낭만적 에로스의 여인상의 의인화가 아닌가, 나는 깊이 의심하기에 이르렀다. 이전에는 의심의 먹구름이 아무리 짙게 몰려와도 감히 이런 생각을 S의 경우에 직접 대입해볼 엄두를 내지는 못했었다. 그는 자신의 이런 상태를 잘 인식하지 못할 수도 있다. 자신을 객관화시킨다는 것은 언제나 참으로 어려운 일이고 더구나 상당한 시간이 걸리는 일이기도 하니까. 그렇다면 나는 친구로서 그에게 그 점에 대해 상기시켜줄 필요가 있었다. 적어도 그에게 질문을 던져주어야 하는 것이다. 너는 그녀를 얼마나 잘 알고 있느냐, 정말 그녀를 사랑한다고 확신하는가, 그렇다면 과연 사랑이란 무엇인가, 그것은 영원한 정신적 쾌락을 지향해야 할 것이다. 그러기 위해 사랑은 예술가의 심장에서 울리는 노래이자 의지의 빛이고 선불로서 얻어지는 것이 아니라 수행해야 할 어떤 것이기도 하다. 사랑은 욕망이나, 그것은 욕망에서 벗어나고자 하는 욕망인 것이다.

  S는 봇물처럼 터지는 내 질문과 스스로 던지는 대답, 그리고 불안감으로 떨리는 목소리를 마주하고 마치 모든 상황을 예상했다는 듯이, 그것을 기다리고 있었다는 듯이 미소로써 답했

다. 그는 뭐라고 나를 몰아붙일 만도 했다. 굳이 비교하자면, 나는 그보다 경험이 많은 것도 아니고 나이가 더 많지도 않으며 심지어 사랑 앞에서 그보다 덜 몽상적이지도 않았고 덜 관념적이지도 않았다. 그런 내가 그에게 무슨 실질적인 도움을 줄 수 있을 것인가. 만일 그가 비난을 퍼붓는다고 해도 나는 모두 감수할 용의가 있었다. 일단 내가 던진 질문은 그런 비난 이후에도 계속해서 그에게 남아 영향을 발휘하며 말을 걸 것이기 때문이었다. 그러나 그는 나를 비난하지 않았고 불쾌해하지도 않았다. 그 대신 나를 향한 기묘한 미소를 거두지 않은 채, 노트를 펼쳐들고 시를 읽기 시작했다.

형이상학적 사고체계가 완벽한
나는 가끔 여자의 성기를 가리키는
우리나라 말 '보지'를 발음했을 때의
그 전무후무한 공명을 숙고해본다

생각해보았는가
아무도 몰래 묵묵히
'보지'를 발음해보며
고개를 끄덕거리고 있는

독학자

> 불타나 예수의 모습을
> 그대의 아버지나
> 그대의 스승을
> ......

그가 처음 입술을 열었을 때, 나는 그가 드디어 아흐마토바의 사랑의 시를 읽는구나, 하고 생각했다. 그런데 그게 아니었다. 그 시를 들었을 때의 내 충격은 뭐라고 설명할 수도 없다. 우리는 도서관의 카페테리아에 있었고 주변에는 여학생들도 많이 있었는데, 그가 목소리를 전혀 낮추지도 않은 채 입가에는 엷은 미소까지 흘리면서 그 시를 읽었던 것이다. 주변 여학생들의 낯빛이 변했으나, 그 어떤 여학생의 충격과 수치심도 내가 느낀 그것에는 미치지 못했을 것이다. 그녀들에게는 아니었으나 나에게 S는 나의 S, 다른 사람이 아닌 내 친구였던 것이다. 나는 그가 예전 어린아이였을 때처럼 입안의 것들을 식탁 위에 그대로 다 토해놓았다고 해도 그보다 더 추하게 느끼지는 않았을 것이고, 그가 거기서 내 뺨을 때리고 침을 뱉었다 해도 그보다 더 야비하게 여기지는 않았을 것이다. 아무 말도 못하고 그냥 앉아 있는데 내 아래턱이 조금씩 떨리는 것이 느껴졌다.

―네가 모르고 있을 줄 알았지. 이건 요즘 화제가 되고 있는 「반성」이라는 시인데……

―'화제'가 되고 있는 '시'라고……?

나는 간신히 냉정을 유지하면서 되물었다.

―그래, 맞아. 문공부에서 외설적이라고 경고했거든.

―그래서 네가 일부러 읽었군.

―일부러 찾아 읽은 것은 맞지만, 그동안 잊어버리고 있었는데 네가 사랑에 대해 말하는 것을 듣고 있자니 갑자기 생각이 나서 말이야. 너는 말하자면, 내가 그 어떤 천박한 감정을 혼동하고 있을까봐, 그것이 불안한 거지?

―너는, 그것을…… 정말 시라고 생각하니? 그렇게 믿는 거야?

―너는 아니라는 거냐?

―지금은 내 생각은, 그것은 단지 열등감이나 복수심을 배설하기 위해, 초연한 척하면서 속으로 이를 악물고 있는 추한 표정에 불과해.

―열등감이나 복수심에다 추한 표정이라…… 그래, 맞을지도 몰라. 하지만 그런 것 역시 인간의 한 모습이야.

―그래서 그 작가는 가만히 있어도 어차피 드러나게 되는 '인간의 한 모습'을 위해, 하필이면 '시인'이 되어 반드시 '시'를

써야만 했군. 사방에 큰 소리로 침을 뱉기에 그것만큼 좋은 직업도 없을 테니까. 그는 단지 침으로 더럽혀진 입술로 낄낄 웃으면서 모든 것을 모욕하고 있을 뿐이야. 바로 자신의 시를 읽고 흥분하거나 분노하거나 열광하는 사람들을. 그는 자신이 의지나 능력으로 극복할 수 없었던 것들을 조롱함으로써, 그리고 자신이 가지고 있는 것 중에 가장 더러운 욕망을 그대로 상대에게 투사함으로써 억눌린 감정의 배설을 기도하고 있을 뿐이야. 번연히 드러나는 그걸 모르나? 그리고 그런 것이 인간의 모습이야, 라고? 그건 무지한 자연의 야만과 게으른 지성과 자제력이 결핍된 사람들의 허물을 변호해온 진부한 대사인데, 네가 그런 말을 하다니 나는 충격을 받았다!

나는 좀 창백해졌을지도 모르겠다.

―그런데 왜 그렇게 흥분하는 거지? 아직 나는 이런 식의 예술이라 불리는 것들에 대한 내 의견을 너에게 충분히 설명하지 않았어. 단지 사람의 일에는 아직 네가 모르는 여러 가지 면이 있을 수 있다는 것을 좀 쇼킹하고 유머러스한 방법으로 일러주고 싶었던 것뿐인데, 너의 반응은 예상보다 더 심하군.

―나는…… 아니 이제 그만하자.

―들어봐, 이제 우리는 피할 수 없을지도 몰라. 앞으로 너는 내가 아니더라도 훨씬 더 자주, 이런 것들과 마주치게 될지도

모른다는 거야.

―타락한 문화는 천박한 인간처럼 이미 아주 오래전부터 있어왔어. 그건 나도 이미 알고 있어.

―내 말은, 그들이 주인이 될지도 모른다는 거지. 민중이 그들을 더 좋아하게 된다면 말이야.

―설마, 그럴 리가 없어. 아니, 내 말은, 그러니까 네 입에서 그런 말이 나올 리가 없잖아. 그럼 네 말은, 그들이 좋아하기만 한다면 너 또한 비판 없이 따라간다는 거냐? 그리고 지난번에 네가 장정일의 시를 읽어주었을 때는 나는 이런 구역질은 전혀 느끼지 않았다구. 내가 설마 신선함과 불쾌함의 차이를 모를 정도로 바보라는 건 아니겠지?

―난 아직 내 생각을 다 말하지 않았어. 왜 너는 항상 그렇게 성급하게 흥분하는 거지? 사랑하기 위해 냉정이 필요한 것만큼이나 혐오하기 위해서도 그것을 충분히 고려할 필요가 있는 법이야. 올바르게 혐오하기 위해서는 우선 너의 지성을 바쳐서 살펴야 하지. 그런데 너, 그 단어가, 그토록 혐오스러운가?

그는 고개를 내밀어 내 얼굴을 똑바로 쳐다보았다.

―그 단어 때문만은 아니야, 나는 그가 취하는 태도를 말하는 거야.

독학자

    나는 그의 얼굴을 피하려고 애쓰면서 말했다. S가 경고하는 대로, 나는 그 시나 그 '단어'에 대해, 그리고 그것을 쓴 시인에 대해서도 그것들이 단지 나와는 다른 세계에 있다는 이유만으로 맹목적으로 비난하고 싶은 생각은 없었다. 그럴 수 없다는 것을 잘 알고 있었다. 또한 예술과 아름다움에 대해 포괄적이고 전체적인 판단을 내리기에 내가 부족한 상태라는 점도 인정해야만 했다. 나는 그토록 쉽사리 흥분해서 마음속을 한꺼번에 드러내 보인 것에 대해 부끄럽기는 했지만, 그렇다고 해서, 내가 아직 잘 모른다는 이유만으로 쉽게 그들에게 항복하고 싶지도 않았다. 자극적인 언어로 무장한 그들이 선전용 샌드위치맨처럼 더 눈에 띈다는 그 이유만으로 시선을 보내고 싶지도 않았다. 그전에, 무슨 행동을 취하기 전에 나는 우선 내 세계와 언어를 가지고 싶었고, 그것을 단순한 감각이 아닌 정신의 훈련을 통해서 이룩하고 싶었다. 내가 충격을 받은 것은 S가 나에게 그 단어를 무기처럼 들이밀었기 때문이었다. 누구보다 나를 잘 알고 있는 그가, 누구보다 나의 연약한 부분을 잘 알고 있는 그가 웃으면서 말이다. 그것은, 그가 뭐라고 부르든 간에 나에게는 하나의 거절로 보였다. 그와 내가 그토록 오랫동안 집으로 돌아가야 할 시간도 잊은 채 머리를 맞대고 수많은 시와 문장들로 이룩해놓은 세계에 대한 냉담한 변심이

자 차가운 거절이었다. 그리고 우리가 함께 천상에 올려놓았던 사랑의 죽음이었다. 할 수만 있다면 나는 눈물을 흘렸을 것이다. 그러나 그 눈물을 무엇이라고 부를 것인가? 나는 아직 그것을 알지 못한다. 그리고 그 시는 나에게, 폭력 앞에서 흥분하여 번들거리던 무수한 인간의 눈동자와 마찬가지였다. 매춘 여성과 그녀의 고객인 한 지식인 남자에 관한, 수치심 없이 공공연하게 써내려간 비속어와 과시하듯 늘어놓은 음란한 묘사를 제외한다면 조금도 혁신적이랄 것이 없는 어느 소설을 새로운 시각의 예술이라는 찬사와 함께 유명 문예잡지에서 읽은 적이 있었는데 그때의 느낌과 흡사했다. 그는 내가 경험이 없는 어린아이라는 점을 충분히 지적한 셈이며, 그러므로 나는 그에게 결코 충고 따위는 건넬 수 없다는 점을 분명히 한 것이었다.

그후로 나는 그의 사랑에 대해 감히 언급할 수 없었다. 그의 안에서 일어나는 격렬함이나 정체 모를 정적에 대해서도 단지 그의 곁에서 무력하게 지켜보는 것만이 허락될 뿐이었다. 그에게서 받은 충격에서 완전히 헤어나오기까지는 시간이 걸렸고, 충격이 사라진 다음에도 무거운 슬픔은 나를 떠나지 않고 오랫동안 남아 있었다. 그렇게 새로운 학기가 시작되었고 나는 드디어 도서관에 발길을 끊었다. 일단은 새로운 책들을 읽기 위해 집에서 혼자 외국어를 공부할 생각이었다. 나는 S가 몹시 그리웠다. 그가 없어진 지금 더욱 본격적으로, 더욱 분명히 그가 그리웠다. 하지만 동시에 그에게 저항하기 위해서도 노력하게 되었다. 이유는 막연하지만 분명히 그래야 한다는 것을 알았다. 그가 가슴에 악마의 거울 조각이 박힌 소년처럼 냉소적으로 변해간다고 느꼈다. 그리하여 그는 분열되어간다. 그러나 그 분열과 냉소가 그가 원해서 스스로 선택한 행로라면, 내가 무엇을 할 수 있단 말인가. 내가 질투 때문에 그를 더욱 비관적으로 관찰하는 것은 아닌지 많이 생각했으나 질투를 압도하는 두려움이 분명 존재하고 있었다. 구체적으로 표현할 수는 없으나 사랑이 정신을 오직 소모시키는 어떤 것일지도 모른다는 것을 나는 막연히 깨달았다.

    사랑은 옷자락을 펄럭이면서
    인적 없는 길가에 서 있는 여인들

만일 그렇다면, 우리가 오랜 시간 지성인들의 문장 속에서 발견하려고 그토록 머리를 맞대고 토론했던 그 사랑을, 거리를 활보하는 여인이 단숨에 움켜쥐고 의기양양하게 높은 웃음소리를 내는 셈이었다. 그리고 그런 패배와 굴욕의 광경을 흥분을 억누르지 못하고 지켜보는 수많은 눈동자들! 지켜봄 자체가 공격이 되는 그런 눈동자들! 오 사랑의 눈동자가 제발 나에게 번들거리지 말아야 할 터인데! 가능하다면 나는 그것을 가지고 싶지 않았다. 사랑에 빠진다는 것은 얼마나 아름다운가! 한 사람이 사랑에 빠져 있음을 아는 것은 또한 얼마나 흥미로운 일인가! 하고 키르케고르는 노래했으나 지금 나에게는 두 가지 모두 다 대답은 노No다. 아니 그래야만 할 것이다. 차갑고 고독하게 일생을 마치겠다는 오랜 각오로 이미 더이상의 고뇌는 없으리라 확신하고 있었지만, 미의 화신을 향한 탐미적 욕정과 그것이 주는 어두운 환희, 달콤한 절망으로 초조해진 채 그 이름을 부르고 다니는 S를 상상하는 것은 내 가슴을 철렁 내려앉게 만들었다. 그의 무표정하고 크고 거친 얼굴을 만지면서, 아도니스, 너는 아름답다, 그러니 외부에서 육신의 절정을 찾아 헤매지 말라고 말해주고 싶은 욕구로 목이 메어와 잠에서 갑자기 깨어날 정도였으며, 그렇기 때문에 궁극적으로 자유로워지기 위해서는 그를 잊어야 할지도 모른다는 생각이 최초로 들었을 때, 마음속으로 나는 울었다.

  학기가 시작되고 얼마 후, 나는 대학으로부터 연락을 받았다. 내가 휴학도 하지 않고 등록을 포기한 것을 안 대학이, 만일 이번 학기에 논리학 과목을 몇 개 청강하여 결과가 좋다면 다음 학기에는 전공을 바꾸는 것을 허가해주겠다는 것이었다. 그러므로 편지에는 한 주일 앞으로 다가온 추가등록 기간까지 등록을 마치라고 쓰여 있었다.

3

담임교사는 사십대 중반쯤으로 키가 작고 몸매는 뚱뚱하고 단발머리를 했으며 이목구비가 큼직했다. 그녀는 진한 청색 바지를 입고 있었는데 남자들의 양복바지를 지을 때 쓰는 것과 같은 그 천 아래서 타이트하게 조여진 팽팽한 허벅지가 바삐 움직이는 것을 교실 가장 앞자리에 앉은 나는 바로 눈앞에서 생생하게 볼 수 있었다. 고개를 조금 숙이면 분필가루로 지저분한 바닥에 발자국을 찍으면서 분주하게 다니는 그녀의 어울리지 않게 작고 통통한 발을 감싼 검은 덧신이 보였다. 조금만 고개를 들면 항상 막대기를 들고 바삐 움직이고 있는 그녀의 짧고 검은 털이 난 팔과 가장자리에 주름이 진 항상 축축한 입술과 구슬처럼 큼지막한 검은 눈동자와 콧구멍이 두려울 정도로 가까이 보였기에, 나는 가능하면 시선을 그녀의 불룩 솟

독학자

아오른 배와 가슴의 단추 위쪽으로는 들지 않도록 매우 주의했다. 나는 다른 칠십구 명의 어린아이들과 한 교실에서 공부했는데 크기가 일정하지 않은 나무책상은 칼자국과 낙서 투성이였고 의자는 삐걱거리지 않는 것이 없었다. 우리의 수업이 끝나면 오후반 아이들이 우리 책상과 의자를 차지했다. 그래서 덧신이나 색연필이나 새 크레파스 등을 잊고 집에 가져가지 않으면, 다시 찾게 되는 것은 불가능하다고 봐야 했다. 그러다가 갑자기 어느 날 이부제 수업이 없어지고 우리는 새 교실로 이사했다. 페인트와 시멘트 냄새가 진동을 했고, 그것은 창문을 열어두어도 사라지지 않았다. 나는 이학년이었다. 이미 일 년이나 학교를 다녔으므로 학교생활에는 나름대로 적응했다고 내심 생각하던 중이었다. 어느 날 담임교사는 구구단을 가르치다 말고, 정확히는 내가 구구단을 처음으로 한 번도 틀리지 않고 5단까지 다 외웠을 때, 나를 빤히 쳐다보면서 물었다.

―너희 엄마는 학교에 한 번도 오지 못할 정도로 그렇게 많이 바쁘신가보지?

나는 그 질문이 무슨 뜻인지 전혀 알 수 없었다. 어머니는 아마도 직장에 다니기 때문이었겠지만, 입학식 때를 제외하고는 학교에 온 적이 없었다. 하지만 그것은 학급 대부분의 아이들 어머니들 또한 마찬가지였다. 우리는 누구의 어머니가 학교를 찾아왔는지 모두 알고 있었다. 주로 몇몇 공부를 잘하는 아이들의 어머니들이, 새 학년이 시작된 첫 달에 학교에 찾아와 수업 중에라도 불쑥 앞문을 열고 고개를 들이밀고는 분필과 막대기를 들고 있는 교사에게 인사를 하고 몇 마디 말을 나눈 다음 뭔가를 건네준 후 자기 자식과는 눈도 마주치지 않고 바삐 돌아가는 것은 우리에게 낯선 풍경이 아니었다. 그리고 우리는 그동안은 잠시나마 감독의 눈길에서 벗어나 자유시간을 갖게 되므로 누군가의 어머니가 교실로 찾아오는 것이 오직 기쁠 뿐이었지만, 특별히 내 어머니가 찾아와야 할 이유는 없었다. 그렇다면 그 질문은 오직 내 어머니가 정말 '얼마나 바쁜지'에 대한 그녀의 순수한 관심이었을까? 나는 영문을 모르는 채 가만히 있었고, 그녀는 아무 일도 없었다는 듯이 수업을 다시 진행했다. 당연히 나는 집에 가서 그 일에 대해 아무 말도 하지 않았다.

아주 어린 시절부터 나는 자의식과 독립심을 필요한 것보다 더 많이 가지고 있었다. 남에게 비웃음을 사느니 죽어버리는 것이 백 번 낫다는 생각이 처음 든 것은 네 살 무렵이었으며— 그때 나는 막 배우기 시작한 글자를 틀리게 읽었다고 친척 아저씨에게서 집요한 놀림을 받았다—비록 집에서 보호받으면서 음식과 옷과 잠자리를 제공받고 있지만, 이 세상의 어느 부

독학자

분에는 지금 당장이라도 반드시 내가 오직 내 힘으로 혼자 해결해야만 하는 그런 일들이 존재함을 의심하지 않았다. 여섯 살 무렵에는 막연히 그것이 자존심을 지키는 일이 아닐까 생각했다. 물론 그때는 자존심이란 단어를 정확히 몰랐겠지만. 나는 교사의 그 말이 그녀가 나에게 던져준 일종의 수수께끼이거나, 학교 안에서만 제대로 이해될 수 있는 특수한 용어이거나―분명히 그런 용어가 존재할 것이고 그런 것은 어머니도 알 수 없을 것이다―아니면 그냥 교사의 실수로, 다른 아이에게 할 말을 나에게 잘못 말했을 거라고 짐작했다. 어느 경우든, 내가 그 말을 어머니에게 그대로 전했다가는 어머니는 반드시 나에게 그것이 무슨 뜻이냐고 되물을 것이고 나는 대답하지 못할 터였다. 그렇다면 무슨 소용이 있을 것인가. 그리고 어머니는 담임교사에게 직접 전화해서 물어볼지도 모르고, 그러면 교사는 설명할 것이다. 내가 자신의 말을 제대로 이해하지 못하고 전달한 것이라거나, 그건 다른 의미로 한 말이라거나 혹은 그런 말을 한 적이 없다거나. 어떤 경우에도 나는 바보가 될 터이고 그건 참기 힘든 것이었다. 왜 그녀는 이해하기 쉽게 어머니에게 학교에 오시라고 해라 혹은 너희 엄마가 바쁘시니? 이렇게 말하지 않았을까. 단 한 번도 우리 어머니에 대해 궁금해하지 않다가 왜 수업 중에 뜬금없이 그런 말을 갑자기 꺼냈을까? 어머니는 집에서 그녀에 관한 이야기를 한 적이 없고 나 역시 한 적이 없는데, 왜 그녀는 어머니가 얼마나 바쁜 생활을 하고 있는지에 대해, 그리고 그것을 굳이 학교를 방문하는 것과 연관지어 궁금해하는 것일까. 학급에는 그녀가 특별히 사랑하는 아이들과 (아마도) 특별히 싫어하는 듯한 아이들이 뒤섞여 있었지만 나는 그 어디에도 속하지 않는 대다수 중의 한 명이었다.

   그때 집에는 오십 권으로 된 어린이책 전집이 있었다. 어느 날 나는 책상 위에 있던, 읽다 만 책 한 권을 그대로 책가방에 넣고 학교로 갔다. 무슨 생각으로 그랬는지는 모르겠다. 그때 학교에는 도서관이 없었고 '학급문고'라는 것도 아직 없을 때였다. 그래서 아마도 쉬는 시간에 운동장의 양지 바른 모퉁이에 앉아 계속해서 읽으려고 했을 것이다. 그것 말고 쉬는 시간에 도대체 무엇을 해야 한다는 것인지! 당연히 아이들은 교과서가 아닌, 게다가 그림도 없는 동화책을 신기해하고 몰려들었다. 심지어 그런 것은 처음 본다는 표정의 아이들도 꽤 있었다. 그들은 내가 그 책을 다 읽었는지, 거기 나오는 글자를 모두 다 알고 있는지, 집에 그런 책들이 얼마나 있는지 궁금해하고 신기해했고, 나는 그들이 흙 묻은 손으로 내 책을 마구 만지는 것이 싫어서 손을 닦고 보라고 했다. 몇몇은 손을 옷에 슥슥 문지르고 나서 책을 만져보았고 몇몇은 입을 비죽거리더니 흥미 없다며 다시 흙장난을 하러 달려갔다. 운동장에는 먼지가 구름처럼 자욱했다. 흙장난을 하던 아이들은 쭈그리고 앉아 책을 읽고 있는 나에게 돌을 던지기도 했다. 종이 울리고 다시 교실로 돌아갔을 때 교사는 내 손에 들린 책을 보았다. 그녀는 처음에는 그다지 큰 관심을 보이지 않았다. 하지만 아이들이 입을 모아 합창하듯이, 더 정확히는 마치 원수를 고발하듯이 외치는 소리를 듣고 난 다음에는 태도가 달라졌다. 책이래요, 책. 자기 집에는 저런 것이 많대요! 방 안 가득 쌓였대요! 저 책을 다 읽을 줄 안대요! 쟤는 거짓말만 한대요! 교사는 아이들을 한 바퀴 둘러보며 다소 거친 목소리로 '조용히 해!' 하고 소리질렀다. 이제 수업이 시작되겠지 생각했는데 그녀는 성큼성큼 다가와 나를 빤히 쳐다보면서 손을 내밀었다. 나는 그 의미를 당장은 깨닫지 못했다. 그래서 멍하니 그녀와 그녀의 손바닥을 반복해서 바라보기만 했다. 그러자 그녀는 아무런 말도 없이 막대기로 책상을 탁 치면서, 턱으로 내가 손에 들고 있는 책을 가리켰다. 그리고 다시 손바닥을 나에게 내밀었다. 교실이 조용해졌다. 나는 그때까지 누군가에게서 그토록 강압적인 태도로 명령받아본 적이 없는 여덟 살 난 아이였다. 항변의 말 한마디 하지 못하고 나는 책을 빼앗기고 말았다. 아니, 빼앗기기 전에 먼저 내주었다. 책을 받아든 그녀는, 교실 앞쪽에 있는 자신의 책상 서랍 안에 그 책을 넣고는 다시 서랍을 닫았다. 그 모든 순간을 반 아이들 전체가 초롱초롱 빛나는 눈동자로 지켜보고 있었다. 내가 겁에 질려 대중의 먹이가 된 듯한 수치심과 혼란에 거의 멍해지다시피 한 반면 그녀의 태도는 여왕처럼 침착했고 당당했다. 아이들은 이제 곧 일어날지도 모르는 어떤 일에 대한 기대로, 호기심과 즐거움으로 잔뜩 흥분해 있었으나, 그녀는 칠판 앞으로 가서 막대기와 분필을 집어들고는 아무 일도 없었다는 듯 수업을 시작했다.

나는 모욕을 당했으나, 모욕이라는 단어를 정확히 알기 전이었다. 군중과 권력에 의한 모욕이 그토록 압도적이고 정신을 송두리째 사로잡을 만큼 절대적인 것일 줄은 그전까지는 당연히 상상해본 적이 없었다. 그러나 나는 지금 그녀를 비난하고 단죄하기 위해 기억 속에서 불러낸 것은 아니다. 나는 아직껏 그녀에 대해 미움을 갖고 있지는 않다. 한 개인을 향한 미움은 오직 병이 될 뿐이며, 그리고 도시로 정신없이 유입되는 인구 때문에 이부제 수업으로 운영되는 먼지투성이 변두리 공립학교에서 팔십 명 단위 집단의 괴수가 됨으로써 자신의 자리를 찾아낸, 칠십년대의 매우 적절한 인생은 그녀가 유일한 케이스는 아닐 것이기 때문이다. 그 에피소드는 아직 끝나지 않았다.

책이 사라진 것에 대해 어머니에게 해명해야 할 시간이 언젠가는 올 것이기 때문이다. 다른 것도 아니고, 국민학교에 처음 들어간 기념으로 선물받은 두꺼운 하드커버의 오십 권 전집의 케이스 하나가 비어 있음을 숨긴다는 것은 불가능할 터였다. 교사는 나에게 책을 돌려주지 않았고, 그것에 관해 나를 야단치거나 질문하지 않았다. 그것은 결국, 나에게 책을 돌려줄 마음이 전혀 없다는 뜻이었다.

드디어 어머니는 나에게 책의 행방에 대해 물었다. 나는 처음에는 친구에게 빌려주었다고 했다가, 그다음에는 잃어버렸다고 했다. 그 어느 답변도 어머니는 믿지 않았다. 거짓말을 하는 내 태도는 매우 미심쩍었고 능숙하지 못한데다가 더듬거리는 해명의 앞뒤가 맞지 않았기 때문이다. 어머니는 나를 추궁했고 나는 마침내 담임교사에게 빼앗겼다고 실토하지 않을 수 없었다. 내 자존심은 더할 수 없이 훼손되었다. 나는 아무런 잘못도 없이, 어떠한 항변도 저항도 하지 못한 채 그녀에게 책을 주지 않을 수 없었고, 그것을 자백까지 해야 했다. 게다가 그 모든 과정이, 마치 내가 죄인이라도 된 것처럼 영문도 모르고 겁먹은 상태에서 진행되었다. 어머니는 내 거짓말에 대해 심하게 꾸짖으면서, 내가 수업시간에 그 책을 읽었는지, 친구들과 싸웠는지, 교사에게 말대꾸를 했는지 혹은 다른 어떤 잘못을 했는지 자세하게 물었다. 기억하는 한 아무 짓도 하지 않았다고 나는 대답했다. 어머니는 내가 거짓말을 했다는 사실에 매우 큰 충격을 받은 것처럼 보였다. 어머니의 목소리는 점점 더 높아지며 힐난조가 되었고, 거짓말은 모든 죄악의 근원으로, 거짓말을 하는 아이의 미래는 암흑밖에 없으며, 그런 아이는 나중에 도둑이 될 것이라는 등, 설교가 쉬지 않고 이어졌다. 나는 결국 눈물을 흘릴 수밖에 없었다. 그제야 어머니는 나를 가엾게 여겼다. 중요한 점은 내가 거짓말을 했다는 데 있는 게 아니라 교사에게 억울하게 책을 빼앗기고 마음에 상처를 입게 된 것임을 마침내 그녀가 이해하게 된 것이다.

그러나 그녀는 틀렸다. 내 눈물은 짓밟히고 폭행당한 내 자존심 때문이었다. 폭행의 시초는 분명 그 여교사였으나 마지막은 다름아닌 어머니가 담당하고 있었다. 나는 어쩔 수 없이, 내 자존심을 지키기 위해 어머니에게 거짓말을 했으나 그녀는 그것을 믿지도 않고 왜 그래야 했는지 전혀 이해하지도 못했던 것이다. 그것은 내게는 책을 빼앗긴 것과 다름없는 큰 혼란이었다. 어떻게 그런 일이 있을 수 있는지 눈물을 흘리면서도 나는 의아했다. 나는 거짓말이 왜 무조건 나쁜 것인지 이해하지 못했다. 거짓과 참의 차이가 무엇인지도 애매한 상태였다. 내가 분명히 사실만을 말했음에도 학교의 아이들은 내가 거짓말이나 한다, 고 일제히 교사에게 일러바치지 않았는가. 거짓말이 나쁜 거라면, 사실을 거짓으로 받아들이는 현상에 대해서는 어떤 해명을 들을 수 있단 말인가. 참과 거짓은 과연 무엇으로 나눌 수 있는가. 진실의 기준은 말하는 자에게 있는가, 듣는 자에게 있는가. 그리고 언제나 높이 평가되는 정신적인 노력과 성실성, 그것도 마찬가지다. 참을 말하기 위해 나는 그 무엇도 궁리하거나 정신을 사용할 필요가 없었다. 그러나 나는 그 어떤 피해나 후유증도 남기지 않을 완전하고 무해한 거짓말을 창조해내기 위해 골똘히 생각하고 또 생각했던 것이다. 내 생각에 그것은 구구단을 외우는 것보다 훨씬 더 어렵고 중요한 일인 것 같았다. 그럴듯한 이야기를 꾸며내기 위해서는 머리를 더 많이 써야 함은 물론이고 그렇게 머릿속에서 공을 들여 이루어진 어떤 창의적인 세계는 나에게 일종의 황홀감까지 안겨주었다. 거짓말을 만들어내기 위해 그렇게 공을 들인 것은 그때가 아마 생애 최초였을 것이다. 물론 나는 겨우 친구에게 빌려주었다고 했다가, 그다음에는 잃어버렸다고 한 것뿐이지만, 사실은 훨씬 더 자세한 이야기를 꾸며놓았다. 단지 그것을 차분하게 설명할 시간을 어머니가 주지 않은 것뿐이었다. 그리고 이상하게도 내가 홀로 상상할 때는 강물처럼 자연스럽게 흐르던 이야기들이 어머니에게 말하려 하니 혀가 굳은 듯 잘 나오지 않았고, 정말이냐고 다그쳐 묻는 어머니의 질문에는 더더욱 말이 막혀버렸다. 나는 그것이 사람의 눈을 들여다보고 거짓말을 할 때 마음속에서 일어나는, 꾸며낸 것과 실제 사이 의식의 부자연스러운 분리 때문이라는 것을 몰랐다. 그것을 극복하기 위해서는 특별한 소양이나 훈련이 필요할 것 같았다. 어머니는 그것을 단순히 '양심의 가책'이리고 불렀지만.

모든 상황을 파악한 어머니는 나에게 딸기아이스크림을 먹도록 허락해주었으나 여전히 몹시 흥분해 있었다. 어머니는 평소에 나를 사랑하기는 했으나 간식의 양이나 텔레비전을 보는 시간이나 밖에서 노는 시간 등을 엄격하게 통제하는 편이었으므로, 어머니의 좀 무분별해 보이는 친절에 고무된 나는, 눈물을 닦은 다음 평소 나를 대하는 여교사의 태도에 대해 묻는 어머니의 질문에 예전에 여교사가 나에게 했던 수수께끼 같은 말까지 전달해버렸다. 어머니는 그 말에 더욱 화를 냈고—내가 아니라 여교사를 향해, 나는 놀랐다. 어머니가 당장 여교사에게 전화하지 않은 것은, 이미 저녁이라 교사들이 모두 퇴근했을 터이기도 했지만, 어떻게 하는 것이 가장 좋은 해결책일까 곰곰 생각하기 위해서였다. 그리고 혹시나 내가 아직도 거짓말을 하고 있는 거라면—여덟 살 난 아이가 그렇게까지 의지력이 대단하기는 힘들겠지만, 흥분하고 볼 일이 아니었기 때문이다. 그러나 어머니는 그때 나에게, 누구나 다 무조건 학교에 다녀야 하는 것은 아니며, 학교가 세상에 하나뿐인 것도 아니고, 또한 교사가 한 명뿐인 것도 아니니 가슴 졸일 필요가 없다고 위로했다. 그날 밤늦게 아버지가 돌아온 다음 부모님은 오랫동안 방에서 대화를 나누었고 나는 과연 다음 날 무슨 일이 일어날까 불안함과 기대감을 떨칠 수 없었다.

다음 날 아침, 어머니의 태도는 달라져 있었다. 아무 일도 없었다는 듯 평소처럼 태연했으며, 아버지는 아침 식탁에서 나에게 두 사람 중 누구도 학교에는 가지 않을 것이며, 나는 계속해서 그 학교에 다닐 것이고, 여전히 그 여교사의 반에 있을 것이며, 여전히 그 칠십구 명의 아이들과 함께 수업을 들을 것이라고 했다. 비록 당시의 내 지식으로는 다른 대안이란 것을 직접 추리해낼 수 있을 정도는 아니었지만 아버지의 설명은 나를 좀 맥 빠지게 했다. 그러나 적어도 내가 더이상은 어떤 벌도 받지 않게 될 것임은 명백해졌다. 그 사건은 그렇게 끝났다. 더이상 여교사는 나에게 어머니에 대해 묻지 않았고 부모님은 여교사에 대해 묻지 않았다. 그러나 지금 나에게 남아 있는 질문은, 왜 아버지는 충분히 그렇게 할 수 있었음에도 나를 전학시키지 않았는가 하는 점이다. 당시는 그런 질문을 떠올리지 못했다. 부모님은 사립학교의 기부금제도에 환멸을 느끼고 있기는 했으나 그것만으로는 충분한 답이 되지 않았다. 주변에는 다른 공립학교도 있었다. 아버지는 나에게 무관심하거나 일부러 자식을 괴롭히려 하는 사람은 아니었다. 그는 오퍼상을 경영하고 있었으나 아마추어 철학자이기도 했다. 그러므로 그의 행동에는, 적어도 어머니 역시 따를 수밖에 없는 확실한 지침이 있었을 것이다. 내가 머릿속에서 이런 것을 비로소 추리할 수 있게 되었을 때는, 이미 그 에피소드는 지나치게 낡은 것이 되어버린 뒤였다. 이후 우리 가족은 아무도 그 일을 화제로 삼지 않았다. 지금에 와서는 그것을 묻는다는 것 자체가 적당하지 않았다. 이미 성인이 된 사람들에게 어린 시절의 그 사건은 얼마나 사소해 보이는가. 게다가 지금 내가 다시 그 문제를 거론한다면 나는 지난날의 상처에 마음을 옭아매고 있는 소심한 사춘기 문학소년처럼 보일 것이다. 게다가 성장하면서 부모와의 관계는 더이상 세세한 속마음을 털어놓을 수 없는 사이로 변하는 것이다.

―그것은 너를 가정에서 사회로 내보내려는 네 부모님의 준비였다는 생각이 드는걸. 네 스스로 감당해야 할 몫이라고 생각했던 거겠지.

내가 그 이야기를 털어놓았을 때 S는 망설임 없이 대답했다. 대충 그렇지 않을까 나도 추측하고는 있었다. 그러나 거기서 또 다른 질문이 발생한다. 부모님은 내가 그 일을 어떻게 받아들이기를 원했던 것일까. 단지 집단에 잘 적응하기를 원했던 것일까. 적어도 그것이 원만한 해결책이며 사회적 원만함이 곧 옳은 것이라 판단했던 것일까. 개인이 결정하는 윤리의 몫보다, 어쩔 수 없는 현실을 받아들이는 것을 우선 배워야 한다고 결정한 것일까. 부모님의 평소의 언행을 살펴볼 때 이 점은 수긍하기 어렵다. 부모님은 노골적이지는 않았으나 사회 전반의 문제에 대해, 특히 무소불위의 권력을 휘두르는 당대의 정치에 대해서는 분명히 아주 비판적이었다. '이성의 역할은 오직 비판하는 것뿐'이라고 아버지는 종종 말했다. 자신이 좋아하는 일에 관해서라도 이성은 언젠가는 반드시 비판하게 되어 있다는 것이다. 이성은 결코 열광하지 않는다. 오직 비판할 수 있을 뿐이다. 설사 그것이 사랑에 빠진 이성이라 할지라도 입술에 꿀을 바르지 못한다. 세계는 언제나 불완전하기 때문이며 세계에 속한 인간도 마찬가지임을 이성은 잘 알기 때문이다. 아버지에게 세상은 자체가 거대한 교과서였다. 사람은 무엇에서든지 배우게 되며, 그러므로 적이나 미움이나 불이나 고통으로부터도 이성은 성장할 수 있으며, 이성을 성장시키는 것들은 바로 그런 이유로 존재 가치가 있는 것이다. 그런 이성의 추종자였던 아버지가 교사의 어이없는 행동에 내가 꼼짝없이 당하는 것을 방치했던 것이다.

    나는 단지 불이익을 당했다고 불평하는 것이 아니다. 의문은 다른 곳에 있다. 나는 마침내 그 부조리라는 철학에 지배당하고 포섭당하고 종래는 무엇에 홀리듯이 내면으로부터 매혹되어 그런 방향으로 교육될 위험에 처해 있었는데, 그것을 그가 몰랐을 리 없다. 그가 교육에 대해 안이한 방임주의자였던 것은 결코 아니다. 아버지는 글을 배운 뒤 내가 동화책보다 그의 백과사전을 먼저 읽고자 했을 때 그것을 금지했으며 기번의 『로마제국흥망사』와 플루타르코스의 『플루타크 영웅전』 중에서 무엇을 먼저 읽어야 할지에 대해서도 세심하게 조언해주었고 당시 인기 소설이던 얄개전 시리즈가 어떤 의미에서 좋지 않은가도 알아듣기 쉽게 설명해주었다. 그러므로 적어도 그때 그는 나에게 무엇이 옳고 그른지에 대해 납득시켜주었어야 했으나 그러지 않았다. 그는 나에게 어떠한 힌트도 주지 않았으며 불만을 말하거나 투덜대는 것도 허락하지 않았다. 나는 좌절의 경험을 통해 값진 인식을 얻으려는 무의식적인 욕구로 그의 가르침을 기다리고 있었으나, 허무하게도 아무것도 얻을 수 없었다. 당시 나는 위험하게도 아버지가 교사와 같은 편이라고 생각할 수조차 있었다. 패배감에 젖어 권력을 가진 것은 무조건 나쁘다는 식의 적대적인 반항심을 체질화시킬 수도 있었고, 욕구불만과 증오를 진리의 길로 향하는 중대한 길잡이로 삼아버릴 위기에 처해 있기도 했다. 물론 그렇게까지 타락하지는 않았으니 다행이라고 할 수도 있겠지만, 그는 나를 매우 효과적으로 고양시킬 수 있었던 어느 최적의 시기에 고의적으로 그렇게 하지 않은 혐의를 가지고 있다. 그것은 거짓말을 했다고 매질을 하거나 아이들 앞에서 상소리를 하는 것만큼 나빴다. 책을 몰수한 것보다 덜 해롭지 않았다.

─하지만 역으로 생각해보면, 바로 그런 방법이 네가 비로소 자신이 아닌 주변의 세상에 관심과 애정을 느끼게 하는 통로가 되었을 수도 있지. 너는 지나치게 책만 읽고 싶어하는 아이였고 개인이 아닌 집단이 기준이 되는 세상의 부조리와 불의에 대해 과할 정도로 민감하게 느끼는 아이였어. 너 자신의 명예와 자존심을 지킨다는 미명으로 말이지. 그것은 우선은 너의 부모님의 완벽하게 합리적인 개인주의 교육의 영향이겠지만, 이후 사회와의 심각한 불협화음을 예고하는 것이기도 했을 거야. 너는 그 여교사와 학급의 아이들을 미워하고 경멸할 만한 이유를, 비록 어렸지만, 천 가지도 댈 수 있었을 거야. 그것을 네 아버지가 몰랐을 리 없어. 너는 아버지가 종이와 펜을 주고 그 사건에서 무엇이 부당한 것인지 기록하라고 시키기를

바랐지? 너는 그것을 어느 누구보다 더 잘할 자신이 있었고, 그리고 네가 기록한 천 가지 분노의 이유에 네 아버지가 결정적인 것 한 가지를 더해준 다음 부자가 함께 이성의 만세를 부르기를 바랐겠지. 그럼으로써 이성에 의해 선택된 자로서 온갖 추악한 것들을 경멸할 수 있는 내면의 신성한 권리를 획득하리라고 기대했겠지. 그런데 아버지는 그러지 않았고, 너를 무지몽매한 소굴에서 구해주지도 않았으며 네가 그 안에서 견딜 수 있도록 정신적인 빛을 던져주지도 않았어. 너는 그 일에 대한 심리적 보상이 필요했기 때문에 거짓말했다는 사실을 스스로 용서했어. 네가 갖게 된 도덕적 타락의 기원이 네 아버지가 가져다준 혼란이라고 믿고 싶었을 거야. 너는 너의 정신적 지주였던 부모님이 아닌 다른 세상과 (몹시 부정적인 방법으로) 접촉하기 시작했고 마치 냄새로 세상을 읽는 개처럼 비판을 통해서 더듬기 시작한 거야. 만일 아버지가 너를 다른 학교로 옮겨주었다면, 그래서 그곳에서 판이하게 다른 유형의 교사와 학생들을 만나게 되었다면, 그렇지 않았을 가능성도 많지만, 일단 너의 사고는 이분법이라는 출발점을 갖게 됐겠지. 위험한 일이야. 팔십 명의 아이들을 한 교실에 몰아넣는 변두리 공립학교는 불합리하고 추악하며 거짓되고 폭력적이고 강압적이며 그 반대의 경우는 반대의 가치를 갖는다는, 오직 경험에 의

독학자

한 사이비 이론이 자리잡는다면, 그것에서 빠져나오기 위해 너는 더 많은 것을 지불해야 했을 거야. 네 아버지가 너에게 여교사에 대해 아무런 설명도 덧붙이지 않은 것은, 네가 이미 모두 다 스스로 알아냈기 때문이었어. 너는 무엇이 불합리한 것인지 알고 있었고, 타인의 인격에 상처를 주는 거친 행동들이 어떻게 발생하고 어떻게 작용하는지에 대해 이미 홀로 배운 뒤였어. 그리고 너는 영원히 한 권이 빈 채로 남아 있을 네 책장으로 인해 그것을 결코 잊지도 못했겠지. 너는 단지 아버지를 통해서 네가 배운 것을 공인된 것으로 하고 싶었을 뿐이야. 그러나 네 아버지는 그렇게 하지 않았어. 너의 의식 속에서는 비합리적인 것과 합리적인 것, 강압과 평화, 저속함과 고귀함, 폭력과 배려, 나아가서는 타인과 자아에 대한 경계와 구분이 뚜렷했을 뿐만 아니라 그것들은 각각 선명한 증오와 사랑의 대상으로 존재했으며 심지어는 상호적대적이기까지 했어. 너는 코앞에 닥친 피투성이 전쟁을 마주하고 홀로 서 있는 것과 같았어. 네가 성장하는 방법을 찾기 위해서는 적어도 그 순간에는 반드시 부모님이 아닌, 손쉬우면서도 이상적인 존재가 아닌 무언가에게 길을 물어야만 했던 거지. 네가 무엇보다 소중하게 생각했던 명예의 훼손이라는 비용을 지불하고라도 말이야. 탐욕스러운 여교사나 책이라고는 읽지 않는 부모 아래서 자라는 아이들이나 병영을 연상시키는 바로 그 학교에서 말이야. 그들에게서 배우고, 그들에게서 듣는 거야. 그리고 이제 네 아버지는 네가 거기서 배운 것과 부모님에게서 배운 것 사이의 서로 용서되지 않는 그 혼란을 스스로 극복하고 전쟁이 지나간 바로 그 불타버린 폐허 위에서 너의 세계를 세우는 기초를 마련하기를 바란 듯이 생각되는군.

내가 더이상 대학에 나타나지 않자 S는 나를 찾아왔다. 예전에, 언젠가 대학에서 축제가 열리던 시기에, 우리는 대학 구내식당에서 만나기로 한 적이 있었다. 구내식당은 광활할 정도로 넓고 학생들로 가득 찼고 쩡쩡 울리는 소음으로 버스터미널보다 복잡했지만, 나는 생각보다 쉽게 그를 발견할 수 있었다. 빈자리 하나 없이 와글거리는 식당 안에서 단지 그만이 이 인용 테이블에 홀로 앉아 있었기 때문이다. 그것은 평소와 전혀 다름없는 모습이라고 할 수 있었다. 자리가 부족해서 차라리 의자 하나에 둘씩 엉덩이를 걸치더라도 아무도 그와는 함께 앉지 않으려 하는 것 말이다. 그러나 도무지 뭐가 문제지? 하는 표정으로 한 손에는 물컵을 들고 다른 한 손에는 제임스 조이스의 『젊은 예술가의 초상』을 들고 식당의 인파로 인한 먼지와 콘택트렌즈 부작용으로 오전부터 충혈되기 시작한 눈동자를 하고 있는, 덩치 크고 거의 언제나 주변의 사물들과 잘 조화되지 못하는 치명적으로 잘못 설계된 듯한 외모를 가진 그를 향해 걸어가면서, 나는 다름아닌 그가 바로 나의 '대상'이라는 사실을 그때처럼 긍정하며 온 마음으로 받아들인 적이 없었다. 비록 그가 결코 의도해서 그런 것은 아니겠으나, 이 미칠 듯한 인파의 소용돌이 속에서 단지 그의 앞에만 나를 위한 하나의 빈자리가 남아 있었던 것이다! 그때 나는 그의 존재 자체에 대해 깜짝 놀라는 동시에 어떤 경이로움을 느꼈다. 마치 그전에 우리가 함께한 시간들은 모두 이 놀라움을 위한 준비에 불과했다는 듯이. 나는 사람들 사이를 지나쳐 그에게 다가갔고 그리고 물었다. '이 자리는 날 위해 비워놓은 것이 맞지?' 그는 그렇다고 대답했다. 문득 그때의 일이 떠올랐다. S는 벨을 누르고 집으로 들어와 내 방으로 곧장 올라와서는 내 책상 곁으로 빈 의자를 직접 가져다놓은 다음 나에게 물었다. '이 자리는 날 위해 비워놓은 것이 맞지?' 내가 그렇다고 하자 그는 검은 모자를 벗고 거기 앉았다.

한여름 같은 구월의 저녁 해 질 무렵이었다. 그는 오늘 오전에 수업이 없어 혼자서 빔 벤더스의 영화 〈파리 텍사스〉를 보았는데 로드무비의 아웃사이더적 미학 속에 엉뚱하게 떠오른 가족 파라다이스가 불편했으며, 오후에 도서관에 잠시 들렀다가 나를 찾아온 것이라 했다. 그 이유는 내일 대우재단에서 열리는 슬라브 학회 학술회의에 함께 갈 생각이 있는지, 그것을 묻기 위해서라고 했다. 그러나 그가 궁금한 것은 따로 있을 터였다. 그의 궁금증을 가능한 한 빨리 해소해주기 위해 나는 지체하지 않고 대학에서 받은 편지를 서랍에서 꺼내 보여준 다음, 그럼에도 불구하고 등록하지 않을 생각임을, 즉 완전히 대학을 떠날 것임을 S에게 밝혔다.

무표정하고 뚱하게 내 이야기를 들으면서, 그는 마치 내 이야기 따위는 전혀 중요하지 않으며, 내가 대학을 떠나거나 말거나 자신과는 별 상관도 없다는 듯이 심술궂은 표정으로 미간에 주름을 만들었는데, 그것은 내가 무슨 생각을 하든 결단력 없는 유치하고 어리석은 허세에 지나지 않는다는 것을 스스로의 반응을 통해서 나에게 상기시켜야겠다고 굳게 결심한 자의 표정, 바로 그것이었다. 그러고는 거기에 대해서는 한마디 말도 없이 갑자기 화제를 돌려서, 내가 예전에 그에게 털어놓은 어린 시절의 이야기 이후에 이어지는 에피소드가 또 있느냐고 물었다. 나는 없다고 했다. 그는 대학을 그만두겠다는 내 말을 의도적으로 진지하게 생각하지 않음을 온몸으로 표현했다. 그의 의도는 짐작할 수 있는데, 그가 내 말을 진심으로 받아들이고 진지하게 반응을 보인다면, 나 또한 내가 내뱉은 말에 대해 압박감을 느끼고, 말한 그대로 백 퍼센트 행해야 하며 변동이란 있을 수 없다고 느낄 것이니 말이다. 하지만 그의 교활함은 완벽하게 치밀한 경지까지 오른 것은 아니어서, 내 말을 무시하는 듯하면서도 그것에 대한 자신의 불쾌감을 완전히 감추지는 못했다. 그렇다면 무엇을 할 것이냐고 다짜고짜 들이대는 물음에 나는 예전부터 막연하게 생각하던, 그러나 근래에 들어 상당히 구체적인 형태를 띠게 된 계획에 대해 간단하게 설명했다.

나는 우선 하루 속히 군 복무를 마칠 것이고, 혹시 희망하거나 예상하던 대로 신체조건 때문에 군 복무에서 면제된다면 먼저 일자리를 찾을 것이다. 단 일자리는 반드시 육체노동이거나 단순한 반복업무 같은 일이 될 것이다. 그러기 위해 나는 기술을 배울 수 있는 일자리를 알아보는 중이고 아버지의 친구이자 어머니의 친척인 아저씨 한 명이 영등포에서 화공약품 대리점을 운영하고 있는데, 아마도 그가 실질적인 도움을 줄 수 있으리라 기대하고 있으며 설사 그가 도움이 되지 못한다고 하더라도 혼자서 일자리 정도는 얼마든지 구할 수 있을 것이다. 사실 얼마든지, 라는 표현은 좀 과장된 것이었으나 나는 막연하게 노동을 부끄러워하거나 두려워하지 않는다면, 그야말로 오직 생계를 위한 직업을 찾는 것은 문제가 될 것이 없다고 속으로 생각하고 있었다. 직업을 구해야 한다는 생각은, 그것이 처음 찾아왔을 때는 너무 압도적이고 감당하기 힘들었다. 대학에 입학할 때까지만 해도 나는 내가 이토록 빠른 시기에 직업을 구해야 하게 되리라고는 상상할 수 없었기 때문이다. 직업과 그것에 종속될 수밖에 없는 생활을 나는 언제나 경멸하지 않았던가! 그러나 며칠 동안 곰곰이 생각한 뒤에 나는 결심을 굳혔다. 가능하면 빠른 시일 내에 운전을 배울 것이고 앞서 말한 아버지의 친구이자 어머니의 친척인 아저씨가 일전에 나에게 조언해준 대로 부기를 배울 용의도 있었다. 그는 내가 만일 그의 점포에서 일하기를 원한다면 부기를 배워두는 것이 가장 유리할 것이라고 말한 적이 있었다. 내가 대학생이기 때문에 공장에서 일하기는 쉽지 않을 수도 있다고 했다. 노동운동을 기도하는 위장 취업자가 없는지 형사들이 방문하기도 하므로 대학생이었다는 경력이 알려지면 고용주들이 좋아하지 않을 것이라고 했다. 그렇게 직업을 준비하면서—이것이 나의 실질적인 일차 목표인데—일 년이나 일 년 반 동안 두 가지나 가능하면 세 가지의 외국어를 책을 읽을 수 있는 수준으로까지 올릴 것이다. 물론 공부는 주말과 밤에 한다. 나는 생계를 위한 노동에 삶의 의미를 부여하는 짓은 하지 않겠지만, 노동이 삶의 수단을 제공해준다는 사실은 분명히 잊지 않을 것이다. 또한 노동에의 집중과 성실이 곧 '읽는 사람'으로서의 나를 연마하는 훈련의 일종임을 인정하기로 했다. 노동은 삶과 함께 지속될 것이고 삶과 동시에 종말을 맞을 것이다. 나의 독서가 어떤 가시적인 성취를 목표로 한 것이 아닌 오직 그 자체로서 목적인 것처럼 노동 또한 생계라는 원래 이외의 목적을 갖지는 않을 것이다. 그러므로 무슨 일을 하느냐에 대해 신경쓰지도 않을 것이고 무슨 일을 하지 못하느냐에 대해 증오나 질투를 품지도 않을 것이다. 최대한 많은 정신적 에너지를 오직 공부에 쏟는 삶을 유지할 수 있도록 소박하고 낮은 수준의 경제와 단순 육체노동을 선택할 것이다.

그리하여 마흔 살까지는 생계를 위해 필요한 돈을 버는 이외의 시간은 오직 혼자서 책을 읽으며 공부할 것이다. 그때까지는 세상에서 무슨 일이 일어나는지 한눈팔지 않고 공부할 것이다. 나는 오직 공부에만 미칠 것이다. 마흔 살까지의 내 삶은 언제나 내가 꿈꾸던 교통수단이 없는 도시에서 살아가는 것과 같으리라. 구술언어가 없는 세상에서 살아가는 것과 같으리라. 스무 살, 이제 그곳으로 나는 배를 타고 떠난다. 저녁의 광장에 희미한 불이 켜지는 시간이면 나는 내 방으로 돌아와 책을 펼칠 것이다. 신문이나 방송도 멀리할 것이다. 사람을 만나거나 직접 대화하는 것도 피할 것이다. 한국에서 살 수 없는 읽고 싶은 책들은 외국의 출판사에서 직접 주문하고 그렇게 읽은 모든 책들에 대해 독후감을 쓸 것이다. 그것들은 마흔 살까지 내 사적인 일지를 대신하게 되리라. 나는 술도 마시지 않고 영화관에 가거나 바닷가에 놀러 가지도 않을 것이다. 결혼이나 사랑도 필요하지 않으며 어느 순간에 타인들을 상대로 뭔가 아는 척하고 싶어 몸이 근질근질해지더라도 자신을 엄하게 꾸짖을 것이다. 내가 형편없이 미숙하고 내 목소리를 내기에는 아직도 한참 부족한 존재임을 잊지 않기 위해, 언제나 내 교만을 압도해버리는, 내가 쉽게 소화할 수 있는 이상의 것들을 찾아서 읽으리라. 그리하여 마흔 살까지는 어떤 영감을 받더라도, 독후감 이상의 것은 쓰지 않겠다. 나를 기다리고 있는 미래가 어떤 모습인지 나는 모른다. 그러나 두려워하지는 않을 것이다. 시간은 더디게 흐르겠지만 초조해하지도 않으리라. 분명히 고독하고 틀림없이 두렵기도 하겠지만 흔들리지 않으리라. 그러다 이윽고 마흔 살이 되면, 그때 나는 스스로 만든 대학을 졸업할 것이다. 그때 나는 지금보다 훨씬 더 자유롭고 분명한 어떤 존재가 되어 있을 것임을, 나는 의심하지 않겠다.

    ―브라보.

    내 설명이 끝나자 S는 그렇게 한마디만 했다. 그리고 자리에서 일어나 모자를 들고, 그리고 방을 나갔다.

독학자

 짐작하기는 했으나 그가 정말로 화난 사람처럼 보이는 것이 나를 슬프게 했다. 내가 그려낸 판타지에는 계산되지 않은 것이 있었는데, 그것은 바로 S였다. 그와 나는 이제 다른 길로 갈 것인데, 그 점이 우리의 관계를 변화시킬 수 있다는 사실 말이다. S가 무엇에 대해 화내고 있는지 나는 짐작할 수 있다. 내 판타지 자체에 대해서일 수도 있으나, 그보다는 내가 그 판타지를 설계하는 데 유감스럽게도 그가 아무런 역할도 하지 못했다는 점 때문일 것이다. 나는 그에게 질문하지 않았고, 도움을 구하지도, 결정의 어려움을 호소하지도 않았다. 그는 그 점에 대해 화내고 있는 것이다. 그는 내가 나만의 대학으로 떠나는 길에서 가장 최초이자 최후로 만난 나그네이며 내 발걸음을 무겁게 만드는 유일한 존재였다.

 사실 나는 그에게 내 어린 시절 이야기의 뒷부분을 말하지 않았는데, 그것은 내 최초의—그리고 아마도 마지막인—절도 행각과 관련이 있기 때문이었다. 나는 그 사건을 아무에게도 말하지 않으리라 결심했다. 어머니는 학교로 찾아오지 않았고 여교사도 나에게서 관심을 거두었다. 단지 책장 한가운데 뻥 뚫린 듯 비어 있는, 그 책이 있던 자리만 아니었어도 나 또한 그 일을 마침내는 잊을 수 있게 되었으리라. 여교사는 책을 돌려주지 않았다. 아마도 그녀는 내 책을 가져갔다는 것조차 잊어버린 것이 아닐까 나는 생각하고 있었다. 그러다가 어느 날, 내 기억이 맞다면 여름방학에 들어가던 날, 우리는 기말 성적표를 받기 위해 여교사의 책상 앞에 모두 나란히 줄을 서 있었다. 그녀는 자리에 앉은 채 성적표와 과제물이 적힌 종이를 나누어주었다. 그러다가 내 앞에 한 명이 남게 되었을 때, 우연한 일로 그녀는—아마도 새 볼펜을 꺼내기 위해—책상 서랍을 열었고, 나는 그녀의 서랍 속에 여전히 내 책이 들어 있는 것을 분명히 볼 수 있었다. 나뿐만 아니라 주변의 다른 아이들도 모두 그것을 보았다. 그들이 나에게 거짓말을 한다면서 고발했던 바로 그 책 말이다. 그녀는 빠른 손놀림으로 볼펜을 찾은 다음 서랍을 탁 소리나게 닫았다. 나는 되살아난 기억의 수치심으로 얼어붙었다. 아직도 나를 얽매고 있는 부자유를 분명히 느꼈고, 다시 한번 군중 앞에서 발가벗겨진 채 짓이겨진 기분이었다. 그러나 동시에 나는 나 자신이 성장했음을, 그 일을 처음 당했던 때보다 훨씬 더 많이 성장했음을 불현듯 깨닫게 되었다. 비로소 나는 스스로 뭔가를 해야 한다는 결심이 들었다. 나의 왜소함과 비겁을 넘어서기 위해 말이다. 그것은 부모님이나 다른 누군가가 해줄 수 있는 종류가 아니었다. 아주 어린 시절부터 막연한 부름으로 느꼈던, 명예를 지키기 위해 오직 내

독학자

손으로 이룩해야만 하는 명확한 사명이 드디어 모습을 드러낸 것이었다. 막다른 상황. 이 생각이 내 머릿속을 점령했다. 이것이야말로 막다른 상황, 바로 그것이었다. 그러나 나는 어느새 '조용하고 차분하나 고집이 세고 사회성이 부족함'이라는 알쏭달쏭한 평가와 학급 석차 십구 등이라고 적힌 성적표를 손에 든 채 줄에서 밀려나고 있었다. 그리고 가방을 들고 다른 아이들과 함께 교실 밖으로 나왔으나, 그다음에 무엇을 했던가. 하늘 높은 곳에는 칠십년대 한여름 특유의 흰 구름이 떠 있고 교정의 담장을 따라 윤기 나는 검은 얼굴을 가진 해바라기가 피어 있었던 것이 기억난다. 나는 잠시 교문 근처를 서성이다가 무엇에 홀린 듯 다시 교실로 들어갔다.

이상하게도 교실 문은 닫혀 있지 않았고 아이들은 모두 집으로 돌아간 뒤였으며 여교사도 없었다. 그러나 아직 퇴근하지는 않았음을 알 수 있었는데, 여교사의 책상 위에 그녀가 늘 가지고 다니는 검은 악어가죽 핸드백이 올려져 있었기 때문이다. 보통 때는 그녀는 그 핸드백을 책상 가장 아래 서랍에 넣어두었으니, 아마 집으로 돌아갈 준비를 하려고 꺼내놓은 듯했다. 그것은 그날따라 오돌토돌한 표면이 유난히 반짝거렸고 일부러 구두약이라도 칠한 듯 검은 윤기가 흐르고 있었다. 나는 반사적으로 유리창 밖을 바라보았다. 우리 교실은 일층에 있었다. 창밖으로는 곧장 조그만 운동장과, 해바라기가 핀 담장과, 그 곁으로 우리 학급에서 반장을 맡고 있으며 키가 훤칠하게 크고 매일 다림질한 흰 셔츠를 입고 다니는 아이와 그 아이의 어머니가 여교사와 함께 걸으면서 이야기를 나누는 것이 보였다. 아마도 학교로 찾아온 학부형을 마중하기 위해 여교사는 갑작스럽게 교실을 나간 것 같았다. 그들이 교실 창문을 바라보지는 않는지 주의 깊은 눈길을 떼지 않으면서, 나는 핸드백을 열고 그 안에 들어 있던 오백원권 지폐 두 장 중에서 한 장을 꺼낸 다음 핸드백을 닫았다. 그때 내가 원래 마음먹었던 것은 교사의 서랍을 열고 내 책을 꺼내오는 것이었다. 그렇게 하는 대신 돈을 가져온 것은 원래 계획한 바는 아니었고 즉흥적으로 떠오른 발상이었다. 나는 교실 문이 잠겨 있는지 혹은 그녀의 서랍이 잠겨 있는지 따위는 확인하지도 못했고 여교사가 있는지 없는지 역시 몰랐다. 그러나 막연하게, 기회를 애타게 바란다면 그것이 스스로 찾아오리라고 예상할 만큼은 교활할 수 있었다. 그 순간 나는 생각했다. 만일 서랍 속의 책이 없어진다면 그녀는 십중팔구 내 짓이라고 단정하리라. 그렇다면 그녀는 내가 그동안 그 책을 빼앗기고 당한 고통을 송두리째 짐작해버릴 것이다. 그렇다면 나는 다시 한번 모멸당하게 되는 셈이리라. 그것은 내가 원하는 바가 아니었다. 더구나 나는 복수의 쾌감을 바란 것이 아니라 바로 나 자신을 위해 신성한 명예를 회복하고자 하는 것이었으므로 신성하지도 않고 명예롭지도 않은 그녀는 이 과정에서 처음부터 끝까지 철저히 타인이 되어야 했다. 이런 생각이, 내가 스스로 했다기보다는 외부의 어느 곳에서부터 내 머릿속으로 들어왔다. 내 손이 핸드백으로 향하는 것을 나는 마치 다른 사람에게서 일어나는 일인 양 심리적인 거리를 충분히 유지하며 지켜볼 수 있었다. 오백원권 지폐, 그것은 내가 처음에 원했던 것이 아니었고, 그러므로 내가 물질적으로 획득하는 것이 무엇이든 간에 그것이 내가 잃어버렸으며 다시는 찾지 못할 그 책이 아닌 이상, 성공하더라도 내 만족감과는 사실 아무런 상관이 없을 터였다. 나를 조금도 기쁘게 하지 않을 획득물을 위해 바치는 이 노력과 수고, 손에 얻자마자 바다에 던져버릴 보물을 위해 오랜 시간 맨손으로 절벽을 기어오르는 집념, 오직 무無에 바치는 기도이자 아직 내가 그 이름을 알지 못하는 가치, 그러나 분명히 존재하며 언젠가는 내가 사랑을 고백하게 될 그것. 그 순간 내 어린 심장에 강하게 내리꽂혔던 섬광이 채 사라지기도 전에 마침내 여교사의 핸드백에 손을 댄 순간은, 만일 그렇게 표현하는 것이 허락된다면, 마치 가슴속에서 천지창조가 일어나는 듯했다. 두려워라 두려워라 하고 가슴은 불타는 집처럼 뜨겁고 빠르게

뛰었으나, 머릿속은 더욱 냉정하고 침착해져서 오직 할 수 있는 일을 할 뿐이다 하고 나에게 말을 걸었다. 돈을 주머니 속에 넣은 다음 곧장 달려나가려다가 이대로 교실 밖으로 나가면 지금 안으로 들어오고 있는 여교사와 마주칠 것이라는 생각이 들었다. 나는 건물의 반대쪽으로 난 작은 입구를 향해 재빨리, 그러나 너무 서두르는 것처럼 보이지는 않게 걸어나왔다. 해바라기 담장을 지날 때 나는 창문을 통해 그들이 모두 교실 안으로 들어서는 것을 보았다. 여교사는 허리를 숙여 가장 아래 서랍을 열고 자신의 검은 악어가죽 핸드백을 꺼낸 다음 서랍을 잠갔다. 그녀를 방문한 학부형은 책상 위에 놓아두었던 자신의, 여교사의 것과 아주 흡사한, 그러나 조금 더 새것이고 조금 더 고급인 검은 악어가죽 핸드백을 집어들고 아들의 손을 잡았다. 그리고 그들은 활짝 웃으면서 서로 마주 보고 허리 굽혀 인사했다.

  범죄란, 욕망으로 인해 일어난다. 욕망이자 의지가 아닌 것, 그것이 범죄이다. 그러므로 나는 내 행위를 범죄로 규정짓지 않았다. 그것은 욕망과는 너무나 무관한 영역에 있었다. 그것은 더할 수 없이 의지로 충만한 행동이었으며 내 존재를 장악하고 있던 불완전함과 불균형을 해소하기 위한 것이었다. 그것은 당시 내가 할 수 있는 유일한 방법이었다. 그러나 나는 나도 모르는 위기에 처해 있었다. 어머니에게 점점 더 많은 거짓말을 하고 싶어지는 것처럼, 그리고 항상 다음번에는 좀 더 자연스럽게 할 수 있으리라는 목소리가 들려오는 것처럼, 그럼으로써 나의 어떤 종류의 능력을 확인해보고 싶어지는 것처럼, 자신이 창조한 세계로 다른 사람을 끌어들인다는 황홀경에 빠져들고 싶은 것처럼, 그 행위 또한 어떤 타락으로 유혹하는 요소를 가지고 있었던 것이다. 그것을 깨닫는 순간 나는 본능적으로 뒤로 물러섰고, 그리고 내 작은 머리로는 처음이라 할 수 있는 깊은 생각에 잠겼다. 범죄란 욕망에 의해 일어날 뿐만 아니라 무감각이라는 옷을 입고 상습적으로 반복되기도 한다. 그러니까 무감각, 무의지는 범죄의 촉발제가 되는 것이다. 상급생에게 얻어맞거나 한번 더 책을 빼앗기거나 부당하게 야단을 맞거나 하는 억압당하는 경험은 내게서 의지를 소진시키고 오직 파괴된 정신만을 남겨, 나를 진짜 타락한 범죄지의 세계로 인도할지도 몰랐다. 그리하여 행동들이 스스로의 의지를 잃고 단지 열등감과 분노와 욕구의 해소와 분출이 되어버린다면, 그것은 마침내 오직 범죄라고 불리기에 적절한 것이 되리라. 범죄자는 자신의 행위를 분석하고 이해하고 더 낫게 만들기 위해 사고 안에서 자신의 행위를 반복해서 다시 세우고 그리고 그것을 치밀하게 기록하는 행위를 하지 않는다. 오히려 그는 반복해서 범죄를 저지르는 편을 택한다. 범죄자는 그 행위, 범죄로부터 오직 도피하고 싶어하기 때문이다. 도피하는 가장 좋은 방법은 망각이며, 망각으로 가는 가장 확실한 지름길은 반복을 통한 무의식화이다. 나는 나 자신이 범죄자가 아니며, 그 행위가 범죄가 아니었음을, 그리고 그런 일이 두 번 다시는 일어나지 않을 것임을 스스로에게 더욱 분명히 입증하기 위하여, 그 일을 절대로 망각하지 않았고 의도적으로 희미하게 만들거나 어린아이의 행동이라고 치부하여 무의미의 영역으로 밀어버리거나 하지 않으려 애썼다. 나는 지금도 두 눈을 뜨고 그 일을 응시한다. 복수, 응징, 쾌감의 유혹을 단호히 거부하며, 그리고 부끄러움과 죄의식 때문에 비굴한 망각으로 도피하기도 거부하며, 동판화가가 바늘과 인두로 인물을 새기듯 면밀하고 냉철하게 기억하고 또 기록하려고 한다. 그 행위가 가져다주는 자연스러운 감정의 수순에서 한발 뒤로 물러서서, 내 행위를 범죄에서 분리시킬 수 있었던 그때, 비로소 나는 풀잎에서 나무로 성장했다.

S는 이틀 뒤 비슷한 시간 다시 찾아왔다. S는 나와 달리 형제가 많은 집안의 외아들이자 장남이었다. 그러므로 집안 분위기도 상당히 다른 편이었고 그에게 실제로 일어났던 일도 좀

달랐다. 그가 국민학교에 들어갔을 때 그의 어머니는 그의 아버지의 의사용 수첩으로 그에게 비망록을 만들어주고 쓰는 법을 알려주었다. 그가 '착한 일'을 하면 그는 그 비망록에 기록할 수 있고, 그러면 밤에 그것을 본 어머니가 다음 날 아침 상을 주는 것이었다. 그때 그의 여동생 하나는 아직 갓난아기였고 막내 여동생은 태어나기도 전이었지만 당시는 조부모와 함께 살고 있었기에 그의 어머니는 집 안에서 할 일이 무척 많았으므로, 유난히 고집 센 그가 말썽을 피우지 않고 스스로 제 할 일을 알아서 해주기를 바라는 마음이었을 것이다. 그는 착한 일이나 상 자체보다 어른들처럼 비망록을 쓸 수 있다는 사실에 더 감동받았다. 어머니의 식사 준비를 돕거나 여동생과 놀아주거나 방 청소를 스스로 하거나 조부모님의 심부름을 하거나, 이런저런 일을 만들어내서 그는 정성스럽게 기록했다. 그는 무슨 일이든 일단 시작하면 처음부터 매우 집중하는 편이었기 때문에 가능하면 비망록을 자주 쓰려고 했고, 그러기 위해서는 어쨌든 착한 일이라는 것을 많이 해야 했다. 그러다 시간이 흐르면서 당연히 그는 '착한 일'과 그렇지 않은 일의 경계가 무엇인지, '착한 일' 자체의 의미는 대체 무엇인지 희미한 의문을 품는 단계에 이르게 되었다. '착한 일'에 대한 정의가 분명하지 않으면 비망록을 작성할 수 없으니 말이다.

예를 들어 학교에서 그는 어느 날 소아마비인 급우를 놀리는 개구쟁이를 때려주었는데, 그것은 착한 일인가 그 반대인가. 그는 소아마비인 급우와 결코 친한 편이 아니었고, 심지어 서로 말 한마디 나누어보지 못한 사이였다. 그런데 갑자기 그 아이가 놀림받는 것을 보자마자 화가 치밀고 상대편 장난꾸러기 아이에게 더할 수 없는 증오심까지 품게 되었던 것이다. 다행히 그 장난꾸러기 아이는 그보다 키도 작고 체구도 작아서, 그는 달려가서 그 아이를 때려주고 놀림받는 급우를 도와줄 수—그의 생각에 의하면—있었다. 하지만 급우는 고맙다는 말도 없이 그를 피해 달아나버렸다. 뿐만 아니라 이해할 수 없게도 개구쟁이에게 놀림받았을 때보다 더 화나고 분노한—말하자면 그제야 비로소 진정으로 화나고 분노하게 된—기색이었다. 조그만 얼굴은 딱할 정도로 빨개졌고, 빨리 옮길 수 없는 걸음에도 불구하고 마치 잘못을 저지르고 도망이라도 가듯 서둘러 깡충깡충 뛰면서, 그 불균형한 걸음걸이와 달아오르고 일그러진 표정을 들키지 않으려고 안간힘을 쓰느라 땀방울이 잔뜩 맺힌 얼굴을 푹 숙이고는 그렇게 가버렸던 것이다. 개구쟁이 아이가 놀릴 때는 일부러 무시하는 듯 짐짓 상관없다는 표정을 짓곤 하던 아이가 말이다. S는 과연 그를 도운 것일까? 게다가 소아마비 급우가 떠나기 전에 고개를 돌려서 잠깐 그를 보았는데, 마치 그 얼굴은, 아니 갑자기 왜 친절하게 구는 거지? 평소에는 나에게 말도 걸지 않던 부잣집 아드님이 말이야, 하고 말하는 것 같았다. 그는 왜 그런 행동을 했을까. 그때 문득 떠오른 생각은, 혹시 그가 집에 달려가서 비망록을 쓰기 위해, 그래서 약한 아이가 놀림받는 광경을 보고 기뻐하며 가서 참견한 게 아닌가 하는 것이었다. 만일 그것이 사실이라면, 그의 행동은 착한 것인가 그 반대인가. 그런 식의 의문들은 일상생활의 도처에 널려 있었고 그의 비망록 속에서도 자주 발견되었다. 마침내 그는 결과로 나타난 어떤 행위에 '착하다' 혹은 '나쁘다'라는 성질을 부여하는 것은 거의 언제나 정확하지도 않을 뿐 아니라 인간의 매우 저열한 지적 영역에 속하는 것이며, 어린아이들이 과자에 매달리는 투정처럼 유치하기조차 한 것임을 깨달았고, 예전에 자신의 정직함에 대해 느끼던 충만한 자족감이 이제는 당연한 정신적 보상이 아니라 단순한 착각이나 아직 어린아이에게만 통용되는 일종의 '어르기'일지도 모른다고 생각하게 되었다. 그는 점점 비망록 쓰기에 취미를 잃어갔다. 그리고 점점 더 어머니가 주는 달콤한 과자나 새 동화책이나 극장으로 만화영화를 보러 가도록 허락받는 것 등의 선물에 크게 기뻐할 나이가 지나면서, 그는 오랫동안 비망록 쓰기를 잊고 있었다.

그러다가 중학생이던 어느 날, 우연한 사건으로 그는 집 안에서 혼자 밤을 보내게 되었다. 여동생 중 한 명이 입원하게 되어 어머니는 병원에 있었고, 아버지는 당직이었고, 다른 여동생들은 근처에 사는 이모 집으로 갔다. 그도 원래는 이모 집으로 가야 했으나 숙제할 것이 많다고 하면서 홀로 남았다. 집 안에서 혼자 밤을 보내는 최초의 경험이었다. 마치 어른이 된 듯 으쓱해져서 그는 집 안을 이리저리 거닐기도 하고 소파의 아버지가 늘 앉는 자리에 앉아보기도 했다. 그는 잠자리에 드는 것을 뒤로 미룬 채 그즈음 취미를 붙이게 된 한가로운 공상 속을 떠다니다가, 만일 그에게 가족이 하나도 없고 혼자 살게 된다면 어떤 기분일까 하는 생각에 이르렀다. 거의 최초로 발견하게 된 이 흥미진진한 생각은 점점 더 발전해서 바로 이틀 전에 그가 읽기를 마친 레이 브래드버리의 공상과학소설에까지 이르렀다. 그는 소파에 앉아 게으르게 발을 흔들면서, 만일 그 소설에서처럼 핵전쟁이 일어나 전 인류가 멸망하고 오직 그 혼자만이 살아남는다면, 그런 기막힌 일이 실제로 일어난다면 그는 어떻게 살아가게 될까, 궁리해보는 것도 나쁘지 않으리라 생각했다.

한시적이 아니라 말 그대로 살아 있는 동안 영원히, 로빈슨 크루소가 되는 것이다! 죽을 때까지 프라이데이조차도 만날

독학자

수 없는 철저히 고독한 로빈슨 말이다. 로빈슨 크루소는 일기를 썼다. 잉크도 부족하고 문명이라고는 찾아볼 수도 없는 절해고도絶海孤島에서 구출되리라는 희망도 전무해 보이는데 말이다. 핵전쟁 이후에 혼자 살아남게 되면 나도 일기를 쓰게 될까? 반드시 그럴 것이다. 그런데 왜 인간은 그런 행위를 하는 걸까? 쓴다는 행위, 기록을 남기는 행위. 더구나 혼자 있게 되면 '반드시' 그러하리라고 확신하게 되는 이유는? 그런데 그 경우에, 그것이 무슨 의미가 있단 말인가? 아무도 읽지 못할 것이 분명한, 나 자신이 최후의 사용자가 될 것이 분명한 언어로 기록을 남긴다는 것이! 그러나 신비스러운 느낌이 든다. 왜 나는 그때가 되면 더더욱 문법에 신경쓰면서 아름다운 문장을 만들기 위해 노력하리라 결심하게 되는 거지? 어느 편인가? 혀의 차가운 고독이 불러일으키는 문장에의 갈증! 혹은 죽어도 희망을 놓지 않는 본능! 어느 편이든 상관없다. 이유가 무엇이든 그때가 되면 나는 오직 쓸 것이고 그렇다면 지금부터라도 연습해두는 편이 좋을 것이다. 일기나, 아니면 짧은 메모라도 매일 기록한다면 '반드시' 그래야 하는 상황을 맞았을 때 서툴게 목마르지 않으리라.

문득 그는 자신이 어린 시절 한때 열심히 비망록을 썼으며 그것이 비록 칭찬받을 일만 골라서 기록한 것이지만 일기와 비슷한 형태였던 것을 기억해냈다. 그것이 상으로 받는 선물에 혹해서 착한 일을 찾아서 하려고 했던 것이며, 마침내는 그 선과 보상이라는 관계의 간사함으로 인해 비망록을 쓰지 않게 된 것까지 그는 모두 기억해냈다. 가소로운 일이다! 착한 일에 대한 보상과 나쁜 일에 대한 벌이라니. 그것을 제대로 구분할 줄도 모르는 머리를 가진 주제에 말이지! 그때 그의 머릿속의 문을 누군가 세차게 두드리듯 어떤 생각이 그에게 말을 걸었다. 그는 움직임을 멈추고 마치 스스로에게 선언이라도 하듯 반사적으로 그 생각을 불쑥 입밖으로 내어 중얼거렸다.

이 세상에 착한 일에 대한 상으로 선물을 주는 사람이 아무도 없게 될지라도 나는 선을 행하려 노력할 것이다. 선하게 되려는 의지 자체, 선과 악을 구분하려는 의지 자체가 바로 선의 시작이 될 것이다. 아, 그때 나는 왜 그것을 몰랐을까? 나는 그 보상이 아니라 선함의 본질 그 자체를 사랑하는데 말이다.

그렇다면 그는 핵전쟁 이후 최후의 생존자나 혹은 무인도의 로빈슨 크루소가 되어서도, 아니 그렇게 된다면 더욱더 비망록을 써야 할 것이다. 그때가 되면 비로소 선함은 보상으로부터 자유로워질 테니까. 자신이 고작 달콤한 보상 때문에 착하게 굴려고 한다는 질긴 의심으로부터도 해방될 것이다. 그런 상황에서의 선이 바로 절대 선이 아닐까. 칭찬도 보상도 찬미도 없고 반대로 무지하고 무례한 자들로부터 당하는 억압이나 방해도 없으며, 십자가의 순교도 없고 타인을 위해 그런 고통을 견딘다는 메시아적인 자만도 없으며 심지어는 대다수의 냉정한 무관심조차 얻지 못한다! 그는 자신이 생각해낸 절대 선이란 것이 몹시 마음에 들어서 비망록 쓰기를 당장 다시 시작해야겠다고 결심했고, 상상력의 날개를 펼치기 위해 비망록 안에서 자신을 로빈슨이라 불리는 '최후의 유일한 인류'로 묘사하려는 충동이 일기도 했다. 아직 어린 중학생으로만 보이겠지만 사실 자신은 절대 선을 지향하며 그것을 위해 하루하루 준비를 하고 있는 것이다! 그러다 문득 든 결정적인 생각은, 만일 이 세상에 절대적으로 혼자라면, 대체 무엇이 착한 일이란 말인가, 하는 것이었다.

여동생을 돌봐줄 수도 없고 할머니나 어머니의 심부름을 할 수도 없으며 길 잃은 시골 노인을 도와줄 수도 없다. 물론 마당 청소를 하거나 혼자서 숙제를 훌륭히 마치거나 친척 집에 갔을 때 의젓하고 어른스럽게 행동하는 것도 모두 착한 일에 속하는 것이겠으나 그것들은 결국 누군가를 도와주는 일이다. 하지만, 누구를 위해 마당 청소를 한단 말인가, 누가 숙제를 낼 것이며, 방문할 친척도 없을 것이다. 만일 세상에 절대적으로 유일한 인간이 있다면, 과연 그는 어떤 종류의 착한 일을 할 수 있을까? 아니면 어떤 종류의 나쁜 일을 할 수 있을까? 그는 자신이 생각할 수 있는 가장 혐오스러운 행동을 떠올려보았다. 상스러운 말을 쓰고 단정치 못한 복장으로 건들거리며 돌아다니고 무책임하고 나태하게 뒹굴면서 큰 소리를 내며 침을 뱉고 담배를 피우는 것? 그러나 이제까지 그토록 혐오스럽던 행동들도 오직 그 혼자만이 존재하는 세상이라는 가정하에서는, 이상하게도 더이상 혐오스럽게 생각되지 않았다. 그것들이 오직 어떤 규칙, 정확히 말하자면 타인들인 다수를 위해 만들어진 규칙에 위배될 뿐이라는 의심 때문이었다. 그런 규칙이란 다른 사람들과 함께 살기 때문에 만들어지고 지켜지는 것이었다. 그것은 사회성이고 예의범절이라 불리는 적절한 몸가짐들에 불과했다. 그러나 그가 생각해낸 절대 선은 그런 피상적이고 형식적인 목적을 위한 것이 아니었다.

그날 이후 S에게는 타인들과 함께 살아가는 것, 더 정확히는 자신의 자유를 의도적으로 구속하면서 이미 만들어진 군중의 세계 속에서 개별자로서의 영혼을 유지하는 것이 선으로 나아가는 길이 되었다. 그것은 세계와의 타협이 아니라 세계의 이중성을 인정하는 것이며, 스스로 나서서 적극적으로 세계와 기꺼이 이중성을 이루는 것이기도 했다. 절대 선을 추구하는 개별자는 진정 개별자가 되기 위해 군중이 필요했던 것이다. 그

독학자

가 오래전에 착한 행동과 그 반대의 것에 대한 혼란에 최초로 부딪힌 것처럼, 개별자와 군중이 어떻게 다를 수 있으며 혹은 동시에 어떻게 같을 수 있는지, 또한 어떻게 서로가 서로에게 포함될 수 있는지, 그는 입에서 시큼한 냄새가 나도록 그 끈질긴 질문을 멈추지 않는다. 비록 군중은 그 자체로 아무런 가치나 매력이 없는 존재라고 해도, 그들이 비록 절대 선을 사랑하지도 않고 밥 한 덩이나 하룻밤의 쾌락 정도보다 더 하찮게 여길지라도, 그들이 형성하는 세계는 그와 절대 선 사이의 필수불가결한 매개를 만들어주며, 정신적인 가치를 유통시키고 그것의 신진대사가 이루어지도록 양육하는 역할도 하기 때문이다. 그러나 달리 보면, 그는 지금 꼭두각시 춤에 몰두한 하나의 추하디 추한 익명이며, 어린 시절 어디선가 누군가가 했던 한마디, 절대 선이란 단어에 현혹되어 오랜 시간 매달리면서, 평범한 인간들이 대중오락이나 노름판에 빠져드는 것과 다를 바 없는 양태로 그것을 주물럭거리면서 킬킬대며 즐기고 있고, 그 주변에서 비슷하게 오만하고 어리석으며 괴팍하다는 것을 자랑삼아 과시하고 다니는 무수히 많은 개별자들에 둘러싸인 채, 단지 자신이 아니라는 이유만으로 서로를 괴물 취급하고 있는, 전 지구를 휩쓸어버리고도 남을 만큼 많은 개별자들로 잔뜩 오염된 바다에서 정처없이 둥둥 떠다니는 것은 아닌지. 유일한 개별자라고? 절대 선이라고? 아아, 그것이 다 무엇인가! 우스꽝스럽게 뒤뚱거리며 달아나면서 흘낏 쳐다보는 눈동자, 아니 갑자기 왜 친절하게 구는 거지? 평소에는 나에게 말도 걸지 않던 부잣집 아드님이 말이야, 하는 물음에 어떻게 대답해야 할지도 알지 못하면서 말이다. 그는 질문하기를 멈추지 않는다. 그는 자신이 질문하기를 멈추는 순간, 단지 오만한 멍청이가 되어버리고 말 것을 두려워한다. 바로, 숨쉬는 인간 허수아비 말이다. 그러므로 아마 그는 죽을 때까지 멈추지 못하리라. 이제 그의 비망록은 첫 페이지부터 마지막 장까지 오직 질문으로만 가득 차 있다. 그는 더운 날씨에 검은 옷을 입고 땀을 흘리면서도 기괴한 외모와 불균형하면서도 끈질긴 기질에 대해, 영원히 어울리지 않는 그 태도에 대해 쏟아지는 조롱과 냉소에도 대꾸하지 않고 묵묵히 그들을 따라나선다.

슬라브 학회는 어땠느냐고 물었으나 사실 딱히 궁금하지 않았고, S 역시 그것에 대해서는 별말이 없었다. 왜 다시 왔는가, 나는 묻지 않았고 그는 말하지 않았다. 기름을 잔뜩 먹은 베일을 뒤집어쓴 듯 공기는 무겁고 어두웠다. 내 방 안으로 빛이 들어오는 시간은 하루 중 단 몇 시간에 지나지 않았다. 최근 몇 년 사이에 집 주위로는 빈틈없이 빽빽하게 건물들이 들어섰으며, 얼마 전까지만 해도 공터였던 곳이 일방통행의 차도가 되었고, 기존의 집들도 층수를 높여 증축하는 것이 유행이었다. 증축한 집의 주인들은 햇빛이 전혀 들지 않는 일층의 주차장 공간이나 심지어 지하실에도 방을 만들어 세를 주었다. 그렇게 빠른 속도로 거리의 모양이 바뀌기 시작했다. 자동차와 사람들의 소음이 불투명한 대기를 부유하다가 서로 부딪치게 되면, 사실 그런 경우는 언제나 흔하게 일어났지만, 시선으로 주먹과 욕지거리를 주고받았다. 그런 욕지거리가 섞인 공기는 서로의 호흡을 통해 퍼져나가고 전파되며 신경증을 불러일으키면서 귀와 머릿속에서 환청으로 증폭되었다. 나는 종종 그것을 들었다.

코나 흘리는 바보 중에서도 가장 형편없는 바보! 머릿속에 돼지 똥이나 들어 있는 놈! 책상 앞에 쭈그리고 앉아 동화나 쓰고 있으면서 스스로 천재라고 착각하는 구린내 니는 몽상가! 자기밖에 모르는 쇠꼬챙이 에고이스트, 자기를 위해서라면 어머니 무덤의 구더기라도 팔아넘길 놈! 핏속까지 때에 절어 있는 사기꾼이자 장사치! 더러운 속옷보다 더 구역질 나는 물건! 사람의 형상을 한 오물 덩어리! 말라비틀어진 비듬투성이 내장 바구니!

오랫동안 계속되는 욕설을 듣고 있다보면, 서서히 머릿속이

빙글빙글 돌기 시작하고, 그 회전이 점점 빨라지면서 이윽고 정신뿐만 아니라 마침내는 육체마저 그 내면의 소용돌이 속으로 빨려들어가는 것이 느껴진다. 손과 발끝의 힘이 풀리면서 근육과 뼈가 마비되고 그대로 녹아내릴 듯 기분좋은 무감각이 우선 찾아온다. 그것은 나는 더이상 사지를 갖고 있지 않으며, 노예처럼 평생 그것들을 힘들게 운반하거나 통제할 필요가 없다는 자유로움의 약속이 포함된 위험하고도 달콤한 무감각이다. 사실 손과 발은 여전히 그 자리에, 내 몸에 견고하게 붙어 영원히 짐스럽게 축 늘어져 있는 상태지만 머릿속에서 이미 그것들은 촛농처럼 녹아 빛의 날개처럼 사라지고 있는 중이다.

……소중한 가치라고는 아무것도 모르는 놈, 그러면서 잔돈 한 푼까지 몽땅 쓸어담듯 지식을 계산해서 머릿속에 쓸어담으려는 욕망에 눈이 멀어버린 배배 꼬인 지식 수전노! 아는 것도 없이 고개만 치켜드는 냄새나는 중병아리, 용기도 없고 마음도 없고 고귀함이라고는 도대체 알지 못하는 천박하고 천박한 인생! 교만을 먹고사는 걸신, 가장과 위선이 전부인 주제에 교활하게도 몸을 낮추고 나무 그늘에 똬리 튼 차가운 뱀!

감미로운 피곤이 온몸에 밀려왔다. 당장이라도 자리에 눕고 싶어질 만큼 극심한 피곤이었으나 정신의 농도가 점점 희박해지는 듯한 그 나른한 황홀함과 달콤한 나태에 전적으로 몸을 맡기는 쾌락이란! 가까이서 들여다보는 S의 두 눈동자는 바라보면 바라볼수록 그 사이가 점점 멀어지고 있는 듯했다. 그의 미간은 곧 도저히 한눈에 붙잡을 수 없는 바다처럼 넓어지고 그 사이를 투명한 물과 땀과 기름이 바다처럼 채울 것이다. 그 눈동자는 평소와 마찬가지로 약간 충혈되었고 힘주어 노려보느라 긴장한 눈꺼풀은 필요 이상으로 주름을 만들고 있었다. 그러나 거기에는 어떠한 특별한 감정도 담겨 있지 않았다. 그의 시선은 그저 나를 향하고 있을 뿐이었다. 나는 그런 그의 얼굴을, 마치 화가가 초상화를 그릴 대상을 관찰하듯이, 본다기보다는 읽고 있었다. 그의 얼굴은 아름답지 않았다. 그 자신이 약간 굳어진 표정으로 언제나 강력하게 주장하듯이, 결코 아름답지 않았다. 또한 호감을 주는 인상이라고도 할 수 없었다. 그의 피부는 거무스름하고 표면은 울룩불룩했으며 머리카락은 유난히 거칠고 주름진 눈두덩에 싸여 있는 두 눈은 가느다랗고 거의 언제나 찡그리고 있는 듯이 보였다. 코는 낮고 넓적했으며 조금 얇다고 느낄 정도인 입술은 별 문제가 없었으나 치아 상태는 좋지 않았다. 그는 톱니 같은 치아를 가지고 있었다. 그러나 일단 내 시선 안에 사로잡힌 그 얼굴은, 비록 퉁명스러운 표정으로 무장하고 있기는 했으나, 난로 속의 버터처럼 곧 저항의 의지를 상실하고 무기력하게 허물어지며 자신의 예민하고 연약한 풍경을 드러내고 말 것이다. 아름다움을 오직 진실한 것이라 규정하는 데 이의가 없다면, 그의 그런 얼굴은 분명 아름다울 수밖에 없으리라. 그는 아름답고, 그래야만 한다. 왜냐하면 내가 그를 보고 있으니까. 그러면서 보석과 다름없이 그를 발견했으니까. 발견당한 존재의 전율스러운 아름다움이여! 바로 지금 나는 그의 얼굴을 읽으며, 그의 얼굴을 산책하고 여행한다. 그러자 마법처럼 그 얼굴의 인상이 변하기 시작한다. 표정 하나, 주름 하나 흔들리지 않으려는 고집스러운 의지를 가진 그 얼굴은, 바로 그 의지 때문에, 시간이 지날수록 점점 더 얼굴 전체가 한여름 대지처럼 크고 건조하고 무표정해질 것이다. 목적을 가진 무표정과 무감동으로 가벼운 공기의 흐름에 따른 자연스러운 미동조차 사라졌기에 그 무표정은 단순히 '없음', 제로의 상태, 어느 편이든 개의치 않는 중성적인 결의가 아니라, 역설적이게도 시간이 지날수록 격정이자 공격이자 감각적인 저항을 의미하는 것이 되었다. 모자 때문에 이마의 머리칼은 항상 딱할 정도로 땀에 젖어 달라붙어 있었는데, 그때까지도 머리칼 끝에 땀방울이 맺혀 있는 것이 보였다. 그런 그의 얼굴은 번득이는 햇살에 일그러져 보이는, 저 멀리 난 메마르고 창백한 오솔길이었다. 그 오솔길을 계속해서 걸어 지평선에 다다르면 거기 나란히 떠 있는 해와 달 사이로 난

창窓을 내다볼 수 있고, 나는 그 창틀에 팔을 괴고 앉아 넘실거리는 검은 바다를 바라볼 수 있다. 분노로 불끈 쥔 주먹처럼 높이 솟아오른 두 개의 광대뼈는 바다를 사이에 둔 아득한 산맥처럼 서로 하얗게 마주 볼 것이다. 그런 광경의 신비로움이라니! 그는 몸을 꼿꼿이 세운 자세로 검은 모자를 손아귀에 움켜쥔 채 꼼짝도 하지 않고 앉아 있었다. 나는 그의 입술을 뚫어져라 바라보았으나, 그것은 전혀 움직이지 않았다. 가늘고 기다란 한숨이 들렸을 뿐이다. 그러나 그 한숨이 그가 아닌 내 입술에서 새어나온 것이었음을 깨닫고 나는 흠칫 놀란다.

자신의 어린 시절에 대한 이야기를 끝낸 그는 더이상 어떤 말도 없이 내 앞에 그저 앉아 있을 뿐이었다. 내 의견을 묻지도 않았고 감상을 구하지도 않았다. 그렇다면 내가 들은 그 길고 긴 욕설은 대체 어디서 나왔단 말인가? 나는 분명히 들었고 증오에 찬 마지막 말의 메아리가 아직 내 귓가에서 사라지지도 않았는데. 아니 영원히 사라질 것 같지 않은데. 그것은 S의 혀에서 나온 소리가 아니었던가? 아아, 그렇다면 다행이다. 그러자 갑자기 매우 혼란스러워지면서 뱃속에서 쥐와 벼룩 투성이 하수구라도 끓어오르듯 구역질이 났다. 그제야 S는 입을 열었다.

―너, 창백해 보인다.

그는 나를 보면서 그렇게 말했는데, 내가 무슨 생각을 하는지 다 알 만하다는 말투였다. 그리고 그는 덧붙였는데, 입술이 흉하게 말려올라가며 비웃음의 잇몸이 드러났다. 그러나 나는 그의 얼굴에서 시선을 뗄 수가 없었다. 나는 아직 그 멀고도 감미로운 여행의 꿈에서 깨어나지 않고 있었으며 아름다운 자신을 흉한 모습으로 감추는 신비로운 그 대륙을 떠나고 싶지 않았다. 반드시 떠나야 한다면 일 초라도 더 그곳을 방황하면서 조금이라도 늦게 떠나기를 바랐다.

―그래서, 네 생각에는 물론 변함이 없겠지?

나는 고개를 끄덕였다.

―내 이야기를 들은 다음에도 마찬가지라는 거지?

그렇다고 했다.

―뭐가 어디서부터 잘못된 것인지는 모르겠지만.

그는 모자를 꽉 쥐고 있던 손가락을 마치 남의 것인 양 하나씩 천천히 풀고 손수건을 꺼내 손바닥에 흥건한 땀을 닦았다.

―난 이런 상황에 익숙해지기가 몹시 힘들어서 말이지. 그러니까 말하자면 너는 지금부터 스스로를 일정 기간 동안 철저하게 유배시키려고 하는데, 그것은 아무런 정치적인 이유도 없는 것이고, 물론 당연하겠지만, 오직 순전히 훗날 정신적으로 더욱 완벽하게 자유로워지기 위해서다? 최대한 어떤 위대

함에 가까이 다가가기 위해서다? 그러기 위해서 일부러 세상 한가운데로 풍덩 뛰어드는 척하면서 사실은 신경질과 환멸의 가면으로 무장한 은둔 수사가 되겠다?

―S, 네가 그걸 어떤 이름으로 불러도 나는 상관하지 않겠어.

나는 침착하게, 그러나 차갑게 들리지는 않도록 말했다.

―재미있군, 정말 재미있어.

―너에게는 우습게 들릴지 몰라도 나는 오래 생각해온 일이야. 하지만 완전히 결정하게 된 것은 대학에서 그런 연락을 받은 다음이지. 그래서 미리 말하지 못했어.

―너는 처음부터 끝까지 네 개인의 자유라는 문제에서 놓여나질 못하는구나. 이렇게 비싼 대가를 치르면서도 지키려고 하다니. 너는 네 자유를 지키려고 이를 악물고 주먹을 쥔 채 사방을 노려보는 고통스러운 자세를 유지하느라 지하 감옥의 죄수보다도 자유롭지 못하구나.

―내가 사랑하는 것을 이제 만났으니 어떤 방법으로든 나는 그걸 지키려고 애쓰겠어. 왜 그것 때문에 비난받아야 하지? 인간으로 태어난 나의 가장 소중한 권리인데! 그리고 그것 말고 더 중요한 것이 대체 또 무엇이라는 거냐?

―그것은 네가 스스로 알아내야 하는 문제지.

─난 이미 알고 있다. 모든 사람이 예술이란 이름하에 천박한 언어로 그야말로 자유롭게 제 입을 장식하고 다닐지라도, 그리고 그런 것들이 자유라고 불리며 아무리 칭송받을지라도, 나에게는 고작 술집에서 부르는 고용된 병사들의 합창에 지나지 않음을. 노예들의 철커덕거리는 쇠사슬 소리에 불과함을. 난 떠날 테다. 떠나지 않으면 아무것도 이룰 수 없다는 것을 왜 진작에 깨닫지 못했는지! 하지만 S, 너와 이런 문제로 다투고 싶지는 않아, 적어도 이 순간만은.

그는 넓은 미간에 주름을 세운 채 잠시 생각에 잠겼다가 결심한 듯이 물었다.

─혹시 내가 얼마 전 너에게 읽어준 「반성」이란 그 시가 너의 결정에 어떤 영향을 미친 것은 아닌가?

나는 고개를 저었다. 수치스러운 기억 때문에 간신히 억누른 구역질이 다시 일었다.

─그리고 혹시 거기에 연관된 또 다른 일 때문에…… 그런 것은 아닌지.

그가 눈을 조금 내리깔면서 중얼거리듯이 말한 '다른 일'이란 그가 한때 모종의 감정을 품었으며 어쩌면 지금도 지속되고 있을지 모르는, 짧은 바지를 입고 대학 캠퍼스를 누비는 한 젊은 여자에 관한 것이리라. 나는 금방 알아차릴 수 있었으나 일부러 거기에 대해서는 대답하지 않았다.

　—이틀 전에 이 방을 나가면서 생각했어. 혹시나 그것 때문이라면, 아, 나는 반드시 사과해야 해. 그러지 않으면 죽을 때까지 후회하겠지.

　—그렇지 않아, S. 그것 때문이 아니야.

　나는 당황하면서 대꾸했다. 내가 상처 입었다는 것을 그가 알아차리기를 원하지 않았고, 알아차린다 해도 그것을 공식적인 것으로 인정하고 싶지도 않았다. 게다가 그 상처란 전적으로 내 몫임을 모르는 바가 아니었다.

　—그래도 상관없어. 어쨌거나 난 사과해야 해. 날 용서해주겠지?

　—알았다니까, 알았다구. 뭐 용서할 것도 없고 사실 크게 중요한 일도 아니잖아. 네 말대로 어차피 모두가 다 인간의 모습으로, 우리는 하나일 뿐인데. 하나의 정신의 유사한 일부인 뿐인데.

　그의 얼굴이 눈에 띌 정도로 일그러졌다. 내 말이 마음에 들지 않았던 것이다. 그러나 그는 특유의 고집을 꺾을 생각이 전혀 없어 보였고 집요한 질문을 멈추지 않았다.

　—정식으로 말해줘. 날 용서해줄 거지?

　—그럴 만한 일이 전혀 아니라니까. 게다가 내겐 그럴 권리

가 없어. 너도 알겠지만.

―넌 마음속으로는 나를 용서하지 않고 있는 거야. 그렇지? 그러니까 대답을 회피하는 거지. 이제야 분명히 알겠다. 너는 그 일로 충격을 받았고, 네 결심을 세우는 데 그것이 한몫했다는 느낌이 든다. 그렇다면 네가 이렇게 내 사과를 거부하는 것은 어떤 무서운 의미인지, 내가 마음대로 상상하게 날 내버려둘 셈인가?

그의 목소리는 거의 외침처럼 커졌다. 덩달아서 나도 더욱 턱에 힘을 주었다.

―아니야. 그렇지 않아. 그것 때문에 대학을 떠나다니, 무슨 말도 안 되는 소리야. 과장된 드라마 같다. 이제 그만해주었으면 좋겠다.

―그 말도 안 되는 것을 네가 지금 하려고 하니까. 하지만 내가 할 수 있는 영역에 있는 것은 오직 내가 저지른 일에 대해 용서를 비는 것뿐, 너를 비난하거나 너의 결정에 대해 왈가왈부할 것이 아니다. 나는 여기서 내가 할 수 있는, 내가 해야 하는 바로 그, 내 일을 마치고 싶어. 그러니 지금 용서를 빌겠다.

―마치 빚을 갚는 것처럼 그러는구나. 나는 악랄한 샤일록이 아니고 그리고 너는 나에게 아무런 빚도 없으니 조금도 걱정하지 말아. 그리고 그것은 시詩였고, 하나의 예술작품인 시에

독학자

대해 내가 기분이 좀 상했다는 이유로 누군가를 용서할 권리가 있다고 생각하지는 않는다. 그러니 설사 내가 그 일이 계기가 되어 대학을 떠나기로 결정했다고 해도, 그것은 어디까지나 가정일 뿐이고 결코 사실은 아니지만, 그래도 그것에 대해 내가 누군가를 용서한답시고 선언 따위를 한다면 지나치게 건방진 일이 되고 말 테지. 그렇지 않겠어?

―그렇다면 너는 앞으로 내가 지고 갈 부담 따위는 아무런 상관이 없다는 건지? 그런 건지?

―그렇지 않아! 절대로 그렇지 않아, S. 너는 아무런 잘못도 없어. 그리고 네게 무슨 잘못이 있다고 해도 나는 그것을 결코 너에게 묻지 않는다고 자신있게 말할 수 있어! 그렇지만 그것은…… 용서라니, 내 일이 아니야, 아무리 생각해봐도.

그러자 갑자기 S는 의자에서 벌떡 일어섰다. 내가 어리둥절해하는 사이 그의 모자가 바닥으로 굴러떨어졌다. 그러나 그는 개의치 않고 그 자리에서 그대로 내 앞에 무릎을 꿇고 앉았다. 그러고는 나를 향해 고개를 치켜들고 웅변을 하듯이 말했다.

―정식으로 말해줘! 나를 용서한다고! 너에게 가한 내 행위를 용서한다고 말이야. 나는 정말로 깊이 반성하고 있으니까. 네가 사과를 받아주지 않는다면 난 예전에는 한 번도 겪어보

지 못한 괴로움에 빠지겠지. 그건 상상할 수도 없는 무서운 고통일 거야.

나는 몹시 당황하고 놀랐으나 한편으로는 어느 정도 우스꽝스럽다는 생각을 완전히 지울 수 없었다. 그러나 그의 진지한 표정을 보고 있으니 그런 마음은 곧 사라지고 말았다. 사과를 바치는 듯한 포즈를 취하고 있지만 그 내용은 역으로 나를 비난하려는 의도를 은연중에 드러내고 있음을 어떻게 모를 수가 있겠는가. 그가 나에게 그 시를 읽어줄 때의 묘한 조롱조와는 분명히 다르지만, 이 또한 그가 가진 특유의 스타일로, 단순한 비난이나 저항의 표시가 아닌, 바로 칼끝으로 겨누는 분명한 결투 신청임을 나는 알 수 있었다. 그러나 S, 진심으로 나는 너와 싸우고 싶지 않다. 차라리 재촉하지 말고, 그 어떤 말로도 나를 자극하지 말고, 나를 그냥 찔러라. 그건 나에게 차라리 달콤한 상처가 될 터이니. 나는 이러지도 저러지도 못하고 어정쩡하게 고개를 돌려버렸다.

—널 괴롭게 하고 싶지 않아! 내가 널 괴롭게 하다니, 차라리 내가 상처를 입고 말겠어. 그러니 부탁인데 어서 일어서! 난 몸 둘 바를 모르겠다.

—나를 괴롭히기를 원하지 않는다면, 그것이 맞다면, 한마디만 해줘, 날 용서하겠니? 아니면 그러지 못하겠다는 말이라

도. 왜 용서를 주기를 그리도 두려워하는 거지? 아니면 용서하지 않겠다는 말을 하고 싶은데 차마 겁이 나서 입밖에 내지 못하는 건가? 왜 주저하는 거지? 그건 너의 신성한 자유가 아닌가? 사슬에 묶인 백만 명의 이름 없는 노예들의 영원한 고통보다 더 소중한 너, 바로 너의 권리가 아닌가? 그걸 위해 너는 뭐든지 다 버릴 수 있는데, 지금 단지 겁이 나서, 너무 수줍어서 얼굴을 붉히면서 입술을 달싹거리지 못하고 있는 거냐?

순간 나는 번갯불에 맞은 듯 얼굴이 달아오르고 심장이 쿵쾅거렸다. 이건 정말이지 무의미한 연극이다! 냉소하는 마음이 먼저 치밀었으나, 한편으로는 기꺼이 그 무대에 먼저 뛰어올라감으로써 그가 의도하는 일들을 극적으로 완성시켜주고 싶은, 호의라기보다는 어쩔 수 없이 전염된 열정과 같은 감정이 솟구쳤다. 그러나 내가 감히 그럴 수 있을까? 어찌 감히 그럴 수 있을까. 설사 내가 그보다 천배나 더 강하다 할지라도 나는 그를 혀끝으로도 건드리지도 못하리라. 그의 말 한마디 한마디에는 나를 채찍질하고 피부를 찢은 다음 혈관으로 침투하는 힘이 있었다. 행동을 요구하는 엄격한 목소리가 내 등을 떠밀었다. 이번에도 또다시 무력하게 눈물이나 글썽거리면서 밀려나고 싶지는 않았다. 나는 말해야 한다! 이번에는 맞서야 한다! 그러나 일생 동안 고개를 외로 꼬고 오직 책 속에서 외롭고 그늘진 으슥한 길을 골라서 걸어왔는데 지금 갑자기 무대로 뛰어들어 뭘 어쩌자는 거지? 이건 내 방법이 아니지 않은가. 항상 조롱이나 해왔던 그런 관객들을 대상으로 이 무슨 수고스러운 헛소동인가. 게다가 이 공허한 선언의 요구를 장난으로라도 받아들이는 것이 무슨 이유로 이렇게 진땀나게 힘이 드는 것일까? 그리고 소심하고 음울한 사람들을 불현듯 엄습하는 그런 용기는 몸속 어디에 숨어 있다가 예상하지 못한 순간에 이렇게 화산이 되어 폭발하는 것일까? 마치 태양을 향해 뛰어드는 미친 메추라기처럼. 나는 가볍게 몸을 떨었다.

―……그래. 알겠다. 네가 원하는 걸 해줄게. 그럼 된 거지? 이 고집불통 황소 같은 놈아.

그러나 S는 고개를 똑바로 쳐들고 나를 향해 명령하듯 소리쳤다.

―정식으로 말해줘! 정식으로! 절대로 잊지 않도록 말이야! 네가 뭐라고 하든, 이 순간에 내가 다시 태어났다고 느낄 수 있도록! 너는 그렇게 해야 해! 그렇게 말해! 제발 나를 실망시키지 말아줘. 내가 스스로 불결하다고 느끼게 만들지 말아줘. 그 느낌 속에서 계속해서 살도록 날 내버려두지 말아!

나는 내가 두려워하고 있는 것의 정체를 알고 있었다. 그 이름을 알고 있었다. 오래전부터 그것은 상실이라고 불렸다. 그 이름의 권능에 비한다면 지금 내 가슴을 꿰뚫고 조금씩 살과 내장을 파고들고 있는 창날의 고통쯤이야 아무것도 아니리라. 그러나 이 고통이 의미하는 것은 아픔이나 열등감 따위가 아니다. 이번에는 진심으로, 자존심의 훼손 따위도 아니다. 승부는 한낱 상관없는 것이고, 오직 지금 당장 눈앞에 닥친 결정적인 인사에 대한 공허하고 무기력한 공포가 문제였다. 그러나 나는 어쨌든 견뎌내게 되리라. 정장을 차려입은 신사들의 의례적인 이별의 인사, 뾰족한 부리의 새들이 춤을 추는 듯 일부러 꾸민 듯한 여인들의 우아한 작별의 인사, 그리고 조금도 특별하지 않게 고개를 숙이고 좀 당황한 듯 짧은 악수를 나누고 뒤돌아서 뚜벅뚜벅 걸어 이윽고 멀어져가는, 언제나 마음과는 너무나 별개인, 시민들의 예절에 어울리는, 그런 마지막 인사를.

그는 과격한 정중함, 그토록 목마르게 고대하던 접촉의 첫 순간처럼 비명을 지르고 싶을 정도로 예리하게 곤두선 신경의 현, 살 속으로 파고드는 집요함의 포옹, 들이민 칼끝의 입맞춤, 불결이란 단어가 연상시키는 추악한 상상 속으로 자신을 구겨넣으며 흉하게 얼굴을 일그러뜨리고 찡그린 표정으로 '제발 날 내버려두지 말아!' 하고 반복해서 외치면서 먼저 뒷걸음질쳐 스스로 멀어져간다. 차가운 절교의 편지를 받아달라고 애원하는 애통과 절규를 향해 나는 그렇게 손을 내밀 수밖에 없었다.

둔한 쇼크로 마비된 심장과 축축하고 미지근한 손바닥을 가진 이별이여. 점점 부풀어오르는 젖은 인형처럼 연약한 나를 압도하는 너의 형상, 너의 얼굴. 그러나 뒤늦게 바람을 타고 빠르게 달리는 도둑처럼 모퉁이를 돌아 드디어 너는 보이지 않게 된다. 어두운 구석에서 소리 없이 움트는 시간의 버섯, 멀어져가는 너의 마지막 얼굴에서 피어나는 그림자 버섯이 스무 살의 살갗을 노래한다. 그 노래는 질문이었다. 나의 젊은 아도니스여, 네가 스스로 잃어버린 것, 그것이 무엇이었느냐.

어느 정도 나이가 들면 사람들은 그들의 스무 살 어느 여름에 대해 들판의 암소들처럼 이러쿵저러쿵 떠들 것이다. 나는 지금 그 스무 살의 한가운데에 있고 내가 분명히 아는 것은, 내가 불행한 시대를 살고 있으며 검은 바다의 등불처럼 소중한 내 친구, 내 유일한 벗, 영혼의 길동무이자 서툴고 먼 연인인 그를 다시는 만나지 못하게 되리라는 것이다. 우리는 각자 다른 길에서 친구 하나 없이 홀로 살아갈 것이다. 대학의 어둠침침한 지하 구내식당에서 그는 이제 다시 고독한 괴짜 뚱보로 불리며 혼자가 되겠지. 외형적으로는 나 또한 마찬가지일 것이며 내 일생도 남들에게는 결코 다르게 보이지 않을 것이다. 어쩌면 각자 서로가 그렇게 몽상가와 괴짜로 언제까지나 머물러

있음으로써, 우리는 영원히 함께 있는 듯 느낄 수도 있으리라.

그리고 불행에 대해 말하자면, 모든 불행은 생소하지 않다. 불행은 자체의 개별적인 내용보다, 스며들고 침투한 존재에게 친숙한 것으로 되어버리는 그런 고유한 속성으로 인해 사람을 근본적으로 불행하게 만든다. 그것은 반복되고 학습되고 체화되고 느껴지고 깨달아진다. 그리고 그 대상에 의해 더욱 훌륭하고 위대한 불행으로 다시 재창조된다. 불행은 발전해야 할 필요가 있고, 무엇보다 그 비전과 철학을 제대로 나타내어줄 필요가 있다. 사실 행복한 시대란 존재하지 않기 때문이다. 그러므로 나는 내가 불행한 시대를 살고 있다고 한 말을 굳이 장황하게 증명할 필요조차 없으리라. 행복한 시대란 불행한 시대의 오직 상대적인 개념으로서 정치적으로 제시됐을 뿐이다. 우리는 불행한 시대를 살고 있는데, 우리가 불행하다는 것에 더 이상 불행해하지 않기 때문이다. 우리는 우리가 정적政敵 때문에 불행하다고 생각하고 있으며 그 점을 분명히 알고 있기 때문에 불행을 다행이라고 생각한다. 만일 그것을 몰랐다면 우리는 행복하다고 생각했을 테고, 어쨌거나 그것은 틀린 생각이니 말이다. 행복과 달리 불행은 집단적인 공유가 가능하기 때문에 우리는 불행을 다행이라고 생각한다. 행복과 달리 불행은 인간의 시력으로 겨냥할 수 있는 극복의 대상이 있기 때문에, 인간의 오감으로 충분히 감지할 수 있기 때문에, 그러므로 불행은 행복보다 천배나 더 행복한 것이다! 사람들은 대개 자신이 누구보다 불행을 잘 알고 있다고 느낀다. 불행은 바로 가장 가까운 사람의 얼굴이기도 하기 때문이다. 매일 그 불행과 기꺼이 한 잠자리에 눕기 때문이다. 불행은 이 시대의 확인이자 기준이다. 불행이 없다면, 도대체 정말로 얼마나 불행해질지 상상할 수조차 없다. 불행한 시대란 불행의 사회학이다. 불행이 독가스처럼 팽배해 있으며 사람들은 그것을 먼저 마시지 못해 아우성이다. 그 일상적인 친근함과 끈끈함 때문에 불행을 떠날 생각은 감히 할 수도 없다. 그 익숙함과 공유의식은 장엄한 합창과 구호, 예식에 즐겨 애용된다. 이 세상에서 불행하지 못하다면, 정말로 불행해지는 것이다. 선구자, 혁명가, 테러리스트, 폭도, 구경꾼, 독재자, 장기 집권자, 예언자, 정치적 자살자 혹은 살인자, 그들 온갖 종류의 정적政敵들, 그들은 매우 광기 서린 불행한 시대의 예술가들이다. 그들은 자신의 운명으로 시대의 불행을 창조한다. 그들의 넓게 펼쳐든 검은 망토 아래, 쥐색 열망에 가득 찬 사람들이 모여든다.

  한마디 더 덧붙이자면, 개인적으로 심히 유감이라고 생각되는 점은, 오직 지고한 관념의 성城인 '자유'를 민주주의만의 고유한 정치적 성격인 것처럼 규정해서 묘사한 시가 유명한 지

독학자

하민중가요로 거리낌 없이 불리고 있는 시대의 대표적 특징인 단순하고도 고루하게 낭만적인 부주의함이다. 매 순간, 민주주의가 열망되고 있기는 하며 나 또한 결코 예외는 아니지만, 그것의 본질은 우리가 사회적으로 취하는 다른 모든 것과 마찬가지로 어차피 차선으로 선택될 수밖에 없는 하나의 정치적 규율에 불과하므로, 그 자체가 날개 달린 여신인 양 '자유의 이름'이 될 수는 없으며—이 얼마나 과격할 정도의 단순화인가!—그런 식으로 울려퍼지는 노랫소리는 정신의 궁극적인 해방을 말하는 신성하고 아름다운 내면의 단어인 또 다른 자유, 즉 '얽매여 있지 않음$_{\text{Unabhängigkeit}}$'[*]을 모욕하는 것이기도 하니 말이다. 198×년, 이미 일어난 일이나 아직 일어나지 않은 일들, 그 나머지 다른 것들에 대해서는 나는 입을 다물겠다. 아직 죽기 전, 어느 늦은 저녁식사에서 은퇴한 수학 교수가 말한 대로 '인생은 네가 상상할 수 없는 방법으로 그 스스로를 표현할 것'이므로 이 산책이 끝날 때까지는 인간이 무엇을 말하더라도 너무 이를 수밖에 없기 때문이다.

• 다른 것에 의해 그 성질이 규정되지 않는, 타자에 의존하지 않는, 독립적인, 개의치 않는, 별개의 독자적 세계인, 존재의 전제조건을 가지지 않은.

작가의 말

 한 몽상가가 있었다. 그는 1980년대의 어느 날 큰 기대를 안고 대학에 입학했으나 모든 것에서 실망만을 맛보게 된다. 그래서 마침내 유일한 사랑이었던 S와의 이별을 감수하면서 그는 대학을 떠나기로 결정한다. 그는 이 일련의 과정을 이미 죽은 자로부터 선물받은 컴퓨터에 기록하게 된다.

 이 소설 『독학자』의 줄기리이다. 그 몽상가는 스스로 만든 추상의 대학에 자신을 은거하고 독학으로 공부하며 마침내 사십 세가 되는 날 자신을 졸업시키겠다고 S에게 말한다. 이제 조만간 그는 사십 세가 될 것이다. 왜소한 체구의 떠돌이 노동자로서, 비현실적인 이상적 개인주의자로서, 홀로 무한한 욕망을 가진 지적 탐구자로서, 그리고 엄청난 분량의 수줍은 독서감상문의 저작자로서 그의 모습을 상상해보는 것은 어렵지 않다. 그는 아마도 여전히 친구가 하나도 없을 것이며 그것이 너무나 당연하다. 그는 자신의 사고와 불일치하는 모든 인간의 언어를 끈질기게 부정하고 있기 때문에, 그가 자신만의 대학으로 사라진 배경에는 그런 불일치의 언어를 피해 달아나려고 했던 것도 이유로 작용했다고 볼 수 있다. 그는 정신의 정수가 아닌 것, 완전하게 내면적인 진리와 일치하지 않는 것의 존재를 참을 수 없어했기 때문이다. 독자들이 짐작할 수 있듯이, 그의 이런 행동은 그가 아무런 신앙을 갖고 있지 않았다뿐이지, 실상은 극단적인 가난과 고독을 향해 사막 깊숙이 사라진 원시종교적인 은둔과 흡사한 면이 있다. 내가 그라는 주인공을 갖게 된 시작에는, 서기 250년에 이집트에서 태어나 이십 세에 가진 재산을 모두 가난한 자들에게 나누어주고 빈손으로 신과의 절대적 교감을 위해 뜨겁고 황량한 사막 한가운데를 향해 홀로 걸어들어간 최초의 사막 은둔수사Anachoret 성 안토니우스 Der Heilige Antonius에 관한 글을 읽게 된 경험이 작용한 것도 사실이다. 물론 나는 기독교인이 아니며, 따라서 거기에 종교적인 연관은 전혀 없다.

그가 1980년대와, 특히 당시의 대학에 심하게 어울리지 않는 인간이었던 것은 사실이지만, 사실 개인으로서 정신적인 독

작가의 말

립을 최고의 가치로 평가하는 한 인간이 어떠한 시대정신과 어울릴 수 있다고 한다면 그 말은 언제 어디서나 모순이 될 수밖에 없을 것이다. 그러므로 나는 그의 사라짐에 대한 책임이 전적으로 1980년대의 대학에 있다고는—비록 그가 기록으로 많은 비판을 퍼붓기는 했으나—말할 수 없다. 비록 그것이 시각에 따라서는 매우 무시무시한 또 하나의 독재로 보일 수 있다고 할지라도 말이다. 또한 내가 애정을 기울여 쓰고자 했던 것은 섬세한 영혼을 가진 한 고독한 젊은이의 내면세계였을 뿐, 마치 펜을 칼처럼 휘두르면서 남을 야단치는 식의 글쓰기는 할 생각이 없었다.

그가 육체적으로 매혹적이지 않다는 사실도 그의 타고난 기질과 함께 그가 자신의 영혼을 스토아적인 이성의 추구에만 골몰하게 민들었으리라 추측하는 것은 크게 틀리지 않다. 이 책에서 나는 이제까지의 내 작업 스타일과는 매우 다르게 나의 주인공, 젊은 안토니우스에게 애정을 가지고 있었으므로 더더욱 그를 가시적인 아도니스로 만들어주고 싶지 않았고, 가능하면 그의 영혼을 대중의 눈으로부터 멀리 두기를 원했으며 또 그리해야만 그가 사막으로 홀로 사라질 결심을 하는 데 도움이 될 것이라 생각했다. 그가 S를 만나 당장 첫눈에 사랑에 빠지지 않았던 데에는, S 또한 신체적인 아름다움과는 거리가 멀다는 점도 작용했다. 그러나 그들은 시간이 지날수록 서서히 서로 상대방의 지적인 세계뿐 아니라 서로의 고유한 영혼을 읽는 데도 성공하게 된다. 비록 정신의 독립과 자신의 절대적 세계를 지키기 위해 주인공은 그와 헤어지기로 결심하지만 그와의 관계를 통해 주인공은 비로소 사랑을 배우게 된다. 하지만 그 사랑은 보상받지 못하는 일방적인 것으로 머물고 말며, S는 그가 생각하기에 그다지 정신적 가치가 높지 않아 보이는 어느 여대생에게 또한 일방적으로 마음을 빼앗기고 있다. 이들의 어긋난 시선이 균열의 시작을 알린다. 그는 그동안 그들이 함께 구축해놓은, 오직 관념의 세계로서의 사랑이 무너져내리는 소리를 들으며 가슴 아파하지만 완성을 추구하는 개별적인 자아로 한 단계 더 나아가, 인식에 대한 갈망의 발걸음을 멈추지 않는다. 그때 그는 성 안토니우스와 마찬가지로 스무 살이었다.

 이 글을 쓰는 동안 나는 독일어를 배우고 있었다. 마지막 기간에는 다른 학생들과 함께 작문을 통해 독일어를 공부하는 작문수업을 받았다. 한 주일에 한 번 우리는 선생님이 제시하는 테마에 맞는 작문 숙제를 제출해야 했다. 그것은 곧, 내가

작가의 말

원하는 문장과 내가 쓸 수 있는 문장의 간극 사이에서 투쟁을 벌였다는 뜻이다. 극단적으로 말하자면 이『독학자』는 그동안의 내 작문 숙제에 대해 내가 독일어로 제출할 수 없었던 보충 부분이자 한국어 주석이 된다. 성 안토니우스와 독일어 작문시간. 이 두 가지가『독학자』를 쓰게 된 가장 강한 모티프가 되었다.

2004년
배수아

독학자

ⓒ 배수아

초판발행 2025년 7월 8일

지은이 배수아
편집 조연주
디자인 엄혜리
제작 제이오

펴낸곳 레제
출판신고 2017년 8월 3일 제2017-000196호
이메일 lese.erst@gmail.com

ISBN 979-11-967220-5-0 03810

이 책의 판권은 지은이와 레제에 있습니다.
이 책 내용의 전부 또는 일부를 재사용하려면 반드시 양측의 서면 동의를 받아야 합니다.